Julia James
Legado griego

Editado por HARLEQUIN IBÉRICA, S.A.
Núñez de Balboa, 56
28001 Madrid

© 2014 Julia James
© 2014 Harlequin Ibérica, S.A.
Legado griego, n.º 2316 - 18.6.14
Título original: Securing the Greek's Legacy
Publicada originalmente por Mills & Boon®, Ltd., Londres.

I.S.B.N.: 978-84-687-4184-0
Depósito legal: M-9743-2014
Editor responsable: Luis Pugni
Impresión en Black print CPI (Barcelona)
Fecha impresion para Argentina: 15.12.14
Distribuidor exclusivo para España: LOGISTA
Distribuidor para México: CODIPLYRSA
Distribuidores para Argentina: interior, BERTRAN, S.A.C. Vélez
Sársfield, 1950. Cap. Fed./ Buenos Aires y Gran Buenos Aires,
VACCARO SÁNCHEZ y Cía, S.A.

Capítulo 1

ANATOLE Telonidis miró con desolación el estudio del ático situado en la zona más elegante de Atenas. Seguía desordenado, como lo dejó su primo Marcos Petranakos cuando salió de allí hacía unas semanas, justo antes de morir. El abuelo de ambos, Timon Petranakos, había llamado desesperado al mayor de sus nietos.

—¡Está muerto, Anatole! ¡Mi querido Marcos está muerto!

Tenía veinticinco años y conducía el impresionante coche que le había regalado el propio Timon cuando le diagnosticaron un cáncer. La muerte de su nieto favorito, al que había malcriado desde que perdió a sus padres siendo un adolescente, había sido un golpe tan devastador que había abandonado el tratamiento contra el cáncer y esperaba la muerte. Él podía entender la devastación de su abuelo, pero las consecuencias de la muerte de Marcos iban a afectar a más vidas que a las de su propia familia. Sin un heredero directo, Petranakos Corporation pasaría a un familiar cuya inexperiencia empresarial haría que la empresa se hundiera y que se perdieran miles de empleos. Aunque él ya dirigía con eficiencia y responsabilidad el emporio de su difunto padre, sabía que, si Marcos viviese, habría conseguido inculcar esa responsabilidad a su jo-

ven y hedonista primo y lo habría orientado acertada-
mente. Sin embargo, el nuevo heredero, mayor y pa-
gado de sí mismo, no aceptaría que lo orientara.

Impotente ante el destino que esperaba a Petranakos Corporation y a sus desdichados empleados, empezó la sombría tarea de ordenar las cosas de su primo.
Lo primero era el papeleo. Cuando se sentó detrás de
la mesa de Marcos y empezó a repasar lo que había
allí, sintió un enojo que ya conocía bien. Marcos había
sido la persona más desorganizada que había conocido. Los recibos, las facturas y la correspondencia personal eran un batiburrillo que demostraba que a Marcos solo le interesaba pasárselo bien. Su vida había
girado alrededor de los coches veloces y una serie interminable de mujeres. Lo contrario que él. Dirigir las
empresas Telonidis no le dejaba mucho tiempo y solo
tenía relaciones ocasionales, normalmente, con mujeres poderosas y también ocupadas que se dedicaban al
mundo financiero. Sintió una punzada de desesperación. Si Marcos se hubiese casado, quizá hubiese tenido un hijo que heredara la empresa de Timon y él
habría mantenido a salvo Petranakos Corporation
hasta que hubiese sido mayor. Sin embargo, el matrimonio era anatema para el vividor de Marcos y las
chicas solo existían como relaciones esporádicas.
Siempre decía que ya habría tiempo para casarse. Sin
embargo, no lo hubo. Ordenó los documentos oficiales
en un montón y los personales en otro. El segundo era
pequeño, por el correo electrónico, pero en un cajón
encontró cuatro sobres dirigidos a Marcos con matasellos de Londres. Solo uno estaba abierto. La letra y
los sobres malvas indicaban que la remitente era una
mujer. Aunque la prensa sensacionalista griega se ha-

bía hecho eco de la trágica muerte de Marcos, era posible que una novia inglesa no se hubiese enterado. Quizá tuviese que comunicárselo. Entonces, se dio cuenta de que el matasellos más reciente era de hacía nueve meses. Fuera quien fuese ella, al asunto había terminado hacía tiempo. Con impaciencia por terminar esa lúgubre tarea, sacó la hoja doblada que había en el sobre abierto y empezó a leerla. Se quedó helado...

Lyn salió del aula y suspiró. Preferiría estar estudiando historia, pero la contabilidad le permitiría ganarse la vida aceptablemente en el futuro y era esencial para demostrar a las autoridades que podía criar a su querido Georgy. Sin embargo, por el momento, mientras esperaba con ansia a saber si podía adoptarlo, solo podía ser su tutora. Sabía que las autoridades competentes preferirían que lo adoptara una de las muchas parejas deseosas de adoptar un bebé sano, pero ella estaba decidida a que nadie le arrebatara a Georgy. Le daba igual lo difícil que fuera seguir con los estudios mientras se ocupaba del bebé, sobre todo, con tan poco dinero, pero lo conseguiría. El mismo lamento de siempre se adueñó de ella. Si hubiese ido antes a la universidad... Sin embargo, tuvo que quedarse en casa para ocuparse de Lindy. No pudo dejar a su hermana adolescente a expensas de la indiferencia y el abandono de su madre. Sin embargo, cuando Lindy terminó el colegio y se fue a Londres a vivir con una amiga y a trabajar, las décadas de abuso del tabaco y el alcohol acabaron con la vida de su madre y no tuvo que ocuparse de nadie más salvo de sí misma... y, en ese momento, de Georgy.

–Lyn Brandon... –la llamó una empleada de la universidad–. Hay alguien que pregunta por ti –añadió mientras señalaba un despacho que había al otro lado del pasillo.

Ella frunció el ceño, entró en el despacho y se paró en seco. Una figura imponente estaba junto a la ventana. Era alto, llevaba un abrigo negro de cachemira y una bufanda también negra y de cachemira. Su pelo oscuro y su piel morena le dijeron al instante que no era inglés. Además, era increíblemente guapo. Sin embargo, la miraba fijamente, con el ceño fruncido y los labios apretados, como si ella no fuera quien había esperado ver.

–¿Señorita Brandon? –le preguntó con acento extranjero y cierta incredulidad.

Sus ojos oscuros la miraron de arriba abajo y ella notó que se sonrojaba. Inmediatamente, cayó en la cuenta de que llevaba el pelo recogido en una coleta, de que no iba maquillada y de que su ropa era más práctica que elegante. Entonces, a pesar del bochorno, comprendió quién podía ser ese extranjero, quién tenía que ser. El aspecto mediterráneo, el impecable atractivo, el halo de riqueza que lo rodeaba... Un miedo instintivo se adueñó de ella. Él lo captó y se preguntó el motivo, aunque se preguntó más si habría encontrado a la mujer que había buscado apremiantemente desde que leyó la carta en el piso de Marcos, la mujer que, según los investigadores, había tenido un hijo... ¿Era el hijo de Marcos? La pregunta iba cargada de esperanza porque, si lo era, todo cambiaría por completo. Si, milagrosamente, Marcos había tenido un hijo, tenía que encontrarlo y llevarlo a Grecia para que Timon, cuya vida iba apagándose a medida que pasaban los días, pudiera tener una última alegría en el atroz destino que estaba consumiéndolo. Además, ese hijo no sería una bendición solo para su abuelo. Timon podría cambiar su testamento y dejar Petranakos Corporation al hijo de su querido Marcos. Él se ocuparía de que el niño recibiera una empresa próspera y salvaría el porvenir de los empleados.

El rastro de la remitente de las cartas lo había llevado primero a una casa humilde del sur del país y luego, gracias a la información que los vecinos les habían dado a sus detectives, a esa universidad del norte, adonde se había mudado hacía poco Lindy Brandon, la mujer que buscaba con tanta urgencia. Sin embargo, al mirarla, lo acuciaron las dudas. ¿Esa era la mujer que había perseguido hasta esa ciudad lluviosa y sombría en una carrera contra el tiempo? Marcos no la habría mirado dos veces y mucho menos se habría acostado con ella.

—¿Es usted la señorita Brandon? —volvió a preguntarle él con los ojos entrecerrados.

Vio que ella tragaba saliva, que asentía con la cabeza y que se ponía tensa.

—Yo soy Anatole Telonidis —se presentó él—. He venido en nombre de mi primo, Marcos Petranakos, a quien, según creo, usted... conoce.

Volvió a mirarla con incredulidad. Aunque dejara a un lado su aspecto anodino, a Marcos le gustaban las rubias exuberantes, no las morenas delgadas. Sin embargo, a juzgar por la reacción de ella, era la persona que estaba buscando con tanta urgencia. Había reconocido el nombre de Marcos... y con desagrado. Su expresión se había endurecido.

—¡Ni siquiera se ha molestado en venir en persona! —replicó ella con desprecio.

El hombre que se había presentado como primo de

Marcos no se inmutó. Sus ojos oscuros dejaron escapar un destello y su rostro se tensó levemente.

–La situación no es la que se imagina.

Ella se dio cuenta de que estaba eligiendo las palabras con mucho cuidado.

–Tengo que hablar con usted –siguió él al cabo de un rato–, pero es un asunto... complicado.

Lyn negó con la cabeza y sintió la descarga de adrenalina por todo el cuerpo.

–¡No tiene nada de complicado! Sea cual sea el mensaje que le haya encargado su primo que me transmita, ¡no tiene que preocuparse! Georgy, su hijo, está bien sin él. ¡Muy bien!

Ella volvió a captar el destello de sus ojos y sintió un escalofrío.

–Tengo que decirle algo –insistió él en un tono sombrío.

–¡No me importa nada de lo que pueda...!

–Mi primo está muerto –la interrumpió él tajantemente.

Se hizo un silencio absoluto y él lamentó haber sido tan implacable, pero no había podido soportar el desprecio de ella cuando Marcos estaba muerto...

–¿Muerto...? –preguntó ella con un hilo de voz.

–Lo siento. No debería habérselo dicho tan bruscamente.

–¿Marcos Petranakos está muerto...? –volvió a preguntar ella sin poder creérselo.

–Desde hace dos meses. Se mató en un accidente de coche. Nos ha costado encontrarla...

Se tambaleó como si fuese a desmayarse, pero él la agarró de un brazo. Se rehízo y retrocedió un paso.

Él la soltó, pero ella había notado lo imponente que era su proximidad.

—¿Está muerto? —repitió ella casi sin poder hablar.

La emoción le atenazaba la garganta. El padre de Georgy estaba muerto...

—Siéntese, por favor. Lamento que le... impresione tanto. Sé lo... profunda que le parecía su relación con él, pero...

Ella dejó escapar un suspiro y él se calló. Estaba mirándolo fijamente, pero su expresión no reflejaba que estuviese impresionada ni enfadada. Un enfado comprensible, aunque a él le habría dolido, con el hombre que la había dejado embarazada y se había olvidado de ella.

—¿Mi relación con él...?

Ella sacudió la cabeza como si quisiera aclararse las ideas.

—Sí —contestó él—. Sé por sus cartas, que he tenido que leer, lo que sentía hacia él, que esperaba... que esperaba formar una familia, pero...

—No soy la madre de Georgy —le interrumpió Lyn.

En el tono de ella se percibía la desolación de miles de lágrimas contenidas y él, por un instante, creyó que no había oído bien. Hasta que la miró a los ojos y comprendió que sí había oído bien.

—¿Qué? —preguntó él frunciendo el ceño—. ¡Usted dijo que es Lindy Brandon!

No podía entender lo que estaba pasando, solo podía verla negar firmemente con la cabeza.

—Yo soy... yo soy Lynette Brandon. Lindy... Linda...

Ella tomó aire para seguir hablando. Seguía pálida por la impresión y parpadeó, pero él pudo ver el brillo de las lágrimas.

–Lindy era mi hermana –terminó ella en un susurro.

Anatole captó que lo había dicho en pasado y se estremeció al entender lo que quería decir.

–Murió –siguió ella en voz baja–. Mi hermana, Lindy, la madre de Georgy, murió al dar a luz. Eclampsia. Ya no debería suceder, pero...

No terminó la frase y lo miró como si los separara un abismo que se había cobrado dos jóvenes vidas, como si le costara entender la tragedia que se habían contado el uno al otro. ¡Los dos padres de Georgy estaban muertos! Le había espetado a Anatole Telonidis que su hijo no necesitaba a su indiferente e irresponsable primo, pero le parecía insoportable oír que había tenido el mismo final que su hermana.

–Debería sentarse –insistió Anatole.

La llevó a una silla y ella se sentó. Él seguía sin poder asimilar esa doble tragedia que rodeaba al hijo de Marcos, pero, entonces, ¿dónde estaba el hijo de Marcos? ¡Eso era lo que tenía que saber! Un miedo helado se apoderó de él. Había muchas parejas sin hijos que querían adoptar a recién nacidos y un hijo sin padre y cuya madre había muerto al dar a luz podría haber sido uno de ellos. ¿Lo habrían adoptado ya? La pregunta lo abrasó por dentro. Si lo habían adoptado, encontrarlo sería una pesadilla... si se lo permitían las autoridades. Además, ¿sus padres adoptivos renunciarían a él? ¿Las autoridades le dejarían que les pidiera que accedieran para que Timon tuviera un heredero? Miró a la hermana de la mujer que había muerto por el hijo de su primo y tragó saliva.

–¿Dónde está el hijo de mi primo?

Intentó no ser brusco ni inflexible, pero tenía que saberlo.

–¡Está conmigo! –contestó ella con un destello apasionado en los ojos.

Él notó que, cuando esa mujer insulsa hablaba apasionadamente, sus rasgos adquirían una intensidad nada insulsa.

–¿Con usted?

Ella tomó aliento y se agarró al borde de la silla.

–¡Sí! ¡Conmigo! ¡Y va a quedarse conmigo!

Se levantó de un salto, como impulsada por el pánico. Él se acercó a ella

–Señorita Brandon, tenemos que hablar... comentar...

–¡No! ¡No tenemos que comentar nada! ¡Nada!

Entonces, ante la mirada de impotencia de Anatole, ella salió apresuradamente de la habitación. Su cabeza era un torbellino y aunque consiguió volver al aula, no pudo concentrarse. Solo podía pensar en que Georgy era suyo. Lindy le había entregado al bebé con su último aliento y nunca la traicionaría. El dolor la atenazó por dentro. Lo último que dijo Lindy fue que cuidara a Georgy y lo cuidaría toda su vida, nunca permitiría que le pasara nada ni lo abandonaría.

Cuando terminó las clases, recogió a Georgy en la guardería de la universidad y fueron a la parada del autobús para pasar la tarde en casa. Sin embargo, cuando se montó con el cochecito plegable en una mano y Georgy en la otra, no se fijó en el coche negro que empezó a seguir al autobús. Dos horas más tarde, Anatole miraba con desolación el edificio de pisos donde, según su investigador, vivía Lynette Brandon. Era un edificio anticuado y sucio de hormigón. Toda la zona era desoladora, ¡no era un sitio para criar al nieto de Timon Petranakos! Llamó a la puerta.

Capítulo 2

LYN se había sentado a estudiar en la destartalada mesa de la sala. Había dado de comer a Georgy y lo había cambiado para que durmiera la siesta en la cuna de segunda mano que había en el único dormitorio del piso. Agradecía esa siesta que le permitía estudiar un par de horas. Sin embargo, esa tarde no podía concentrarse por lo que había pasado por la mañana. Esperaba haber dejado clara su postura y que ese hombre que había arrojado una granada de mano en su vida se volviese a Grecia y la dejara en paz. La angustia se adueñó de ella otra vez. Las autoridades encargadas de la adopción creían que no tenía contacto con el padre de Georgy ni con su familia. Sin embargo, eso ya no era verdad... ¡No podía pensar en eso! Tenía que olvidarse de ese hombre increíblemente guapo y que tanto la perturbaba. Se acordó fugazmente de él y de su imponente virilidad. Lo dejó impacientemente a un lado y empezó a leer el libro de texto. Hasta que, dos minutos después, llamaron imperativamente a la puerta. Levantó la cabeza como impulsada por un resorte. Nadie iba a visitarla allí. El timbre sonó otra vez. Con cautela y el corazón acelerado, se acercó a la puerta y descolgó el telefonillo.

–¿Quién es? –preguntó en tono cortante.

–Señorita Brandon... tenemos que seguir nuestra conversación.

Era Anatole Telonidis. Se quedó inmóvil. No podía dejarlo entrar, pero, a pesar del miedo, tenía que dejar zanjada esa conversación. Luego, podría deshacerse de él y no volver a preocuparse por la familia de Georgy. Apretó el botón y poco después abrió la puerta de la casa. Era tan alto e imponente como recordaba. Más alto incluso en su diminuto piso, pero eso no era lo que la alteraba. Su presencia física no dominaba solo el espacio, sino que hacía que volviera a percibir su atractivo moreno y devastador. Intentó sofocarlo por todos los medios. ¡Era en lo último en lo que debería estar fijándose en ese momento! Además, debería tener en cuenta lo que estaba viendo él. Estaba viendo a una chica vulgar con unos viejos y amplios vaqueros, con un jersey grueso de color indefinido, con el pelo recogido en una coleta y sin maquillaje. Un hombre como él ni siquiera la miraría. ¿Qué estaba pensando? Tenía que centrarse. Se trataba de Georgy y de lo que quería o no quería ese hombre... y de deshacerse de él lo antes posible. Lo miró fijamente. Él entró en la sala con muebles desvencijados, moqueta gastada y unas cortinas espantosas. Ella levantó la barbilla. Era un sitio poco acogedor, pero era barato y estaba amueblado. No podría permitirse ser exigente hasta que tuviera un sueldo aceptable. Hasta entonces, a Georgy no le importaría dónde estaba y a ella, tampoco. Sin embargo, a ese hombre sí parecía importarle y no le gustaba lo que estaba viendo.

–Espero que ya haya podido asimilar lo que le dije esta mañana y que entienda lo importante que es que hablemos sobre el porvenir del hijo de mi primo.

–No hay nada que hablar –replicó ella.

Él apretó los labios. Tendría que convencerla de lo contrario, pero, hasta entonces, había algo más apremiante. Quería ver al hijo de Marcos y miró alrededor.

–¿Dónde está el bebé?

No había querido parecer implacable, pero ella se había achantado. Verla así no había mejorado su impresión de ella. Seguía muy mal vestida, como si no le importara su aspecto.

–Está dormido –contestó ella lacónicamente.

–Me gustaría verlo.

No lo pidió, se limitó a constatar una intención. La miró fugazmente antes de mirar hacia la puerta entreabierta y se dirigió hacia ella. Había una cuna al lado de la cama y dentro pudo ver a un bebé tapado con una confortable manta. Sin embargo, no pudo ver sus rasgos en la penumbra. ¿Era el hijo de Marcos? ¿Era el bebé que había ido a buscar? Instintivamente, fue a entrar.

–Por favor, no lo despierte.

Él captó cierto tono de súplica en la voz. Asintió con la cabeza, salió de la agobiante habitación e hizo que ella tuviera que retroceder a la también diminuta sala. Ella volvió a sentir que su presencia dominaba ese espacio opresivo.

–Será mejor que se siente, señorita Brandon.

Él señaló el sofá como si fuese el anfitrión. Ella se sentó. Tenía que encontrar la manera de que se marchara y los dejara en paz. Entonces, comprendió por qué podía estar allí.

–Si quiere que firme un documento en el que renuncio a cualquier reclamación sobre los bienes de su padre, lo firmaré ahora mismo. No quiero dinero ni una asignación ni nada parecido. ¡Georgy y yo estamos muy bien como estamos! –ella tragó saliva y cambió el tono de voz–. Siento que su primo esté... esté muerto, pero... –lo miró a los ojos sin inmutarse– pero eso no cambia nada. No se interesó lo más mínimo por la existencia de Georgy y...

Anatole Telonidis se limitó a levantar una mano y ella se calló.

–Mi primo era el único nieto Petranakos de nuestro común abuelo, Timon. Los padres de Marcos murieron cuando era un adolescente y por eso... nuestro abuelo lo quería mucho. Su muerte lo destrozó –Anatole tomó aire–. La muerte de Marcos fue un golpe despiadado, murió mientras conducía el coche que le había regalado nuestro abuelo por su cumpleaños. Timon sabía que, probablemente, sería el último cumpleaños que presenciaría porque... –hizo otra pausa– porque a Timon le habían diagnosticado un cáncer incurable.

Se quedó en silencio para que asimilara lo que había dicho. Lynette Brandon estaba pálida.

–Sé que comprenderá lo que significaría para Timon saber que, aunque ha perdido a su nieto, tiene un bisnieto –él observó que ella tenía una expresión de rechazo–. Queda muy poco tiempo. El cáncer estaba muy avanzado cuando se lo diagnosticaron, pero después de la muerte de mi primo, mi abuelo dejó el tratamiento que habría podido mantenerlo vivo durante algún tiempo. Está esperando a morir porque no tiene motivos para vivir. El hijo de su hermana, el hijo de mi primo, le daría ese motivo.

La miró. Seguía pálida y se retorcía las manos sobre el regazo, pero tenía que convencerla.

–Tengo que volver a Grecia con Georgy. Tengo que llevarlo lo antes posible. Mi abuelo agonizante tiene que saber que su bisnieto se criará en el país de su padre...

–¡No! ¡No se lo permitiré! –exclamó ella levantándose de un salto.

–Está alterada y es comprensible. Ha sido una conmoción para usted. Me gustaría que las cosas no fuesen tan urgentes, pero tengo que insistir por el estado de salud de Timon. No quiero, por nada del mundo, que esto sea una batalla entre nosotros. Necesito y quiero su colaboración. No hace falta que le diga que cuando una prueba de ADN demuestre que Marcos es el padre...

–¡No va a hacerle ninguna prueba de ADN!

Él se quedó mirándola. Había algo en su voz y en su rostro que lo alarmaron. No era obstinación ni rabia, era miedo. Quizá no fuese el hijo de Marcos... Sin embargo, aquellas cartas tan tristes indicaban que la madre del niño no era una juerguista promiscua, que se había enamorado incautamente de su primo, que el hijo que había tenido era de él. Estaba seguro de que Timon exigiría una prueba de paternidad antes de nombrarlo su heredero, pero eso solo sería un trámite. Volvió a concentrarse en ese momento. La expresión de Lynette Brandon no tenía sentido. Era ella quien se negaba a que el hijo de Marcos volviera a Grecia, si no fuese hijo de Marcos, sería la primera en querer que se hiciera la prueba de ADN. Frunció el ceño. Había algo más que tampoco tenía sentido. Su nombre era extrañamente parecido al de su hermana.

–¿Por qué su hermana y usted tienen un nombre tan parecido? Lynette y Linda. Es raro que dos hermanas tengan nombres tan parecidos y puede dar lugar al error, como me ha pasado a mí.

–¿Y qué? –replicó ella con cierta agresividad–. ¿Qué importa eso ahora?

La miró fijamente. Había captado el mismo destello de un sentimiento extraño que cuando habló de la prueba de ADN, pero no tenía tiempo para darle más vueltas. Lynette Brandon arremetía otra vez contra él con vehemencia y apasionamiento.

–¿Ha entendido por fin, señor Telonidis, que ha hecho el viaje en balde? Lo siento por su primo y por su abuelo, pero Georgy va a quedarse conmigo. No va a criarse en Grecia. ¡Es mío!

–¿Lo es?

La pregunta, escueta y clara, la dejó en silencio y sus ojos reflejaron lo mismo que hacía un momento: miedo. ¿Qué estaba pasando? La pregunta retumbó en su cabeza.

–¡Sí! –contestó ella con rabia.

Anatole la miró a los ojos. Él, a pesar de su expresión impasible, estaba pensando muy deprisa. Desde que esa mañana se enteró de la doble tragedia que había sacudido a ese niño, al descartar que el hijo de Marcos estuviese con su madre biológica, había encargado a sus abogados que analizaran su situación legal en cuanto a la tutela del huérfano. Todavía no tenía una respuesta, pero la tía del niño había insistido con vehemencia en que ella era la sustituta legal de su hermana, pero ¿lo era?

–¿Su tutela de Georgy es oficial? –preguntó él en tono incisivo y exigente.

Los ojos de ella reflejaron miedo otra vez, pero lo disimuló al instante.

–¡Sí! –contestó ella con la misma rabia.

–Entonces, ¿lo ha adoptado?

–Está tramitándose. Estas cosas llevan tiempo, pero claro que estoy adoptándolo. ¡Soy la persona indicada para adoptarlo!

Él no cambió de expresión, pero comprendió que ella sería la persona indicada para las autoridades británicas si quería adoptar al hijo de su hermana. Sintió un gran respeto por la decisión de ella porque no podía ser fácil compaginar los estudios con el cuidado del niño y vivir en circunstancias económicas tan precarias. Sin embargo, tenía que encontrar la manera de convencerla de que el hijo de Marcos no podía criarse en esas circunstancias. Era impensable. Cuando Timon se enterara de su existencia, insistiría con todas sus fuerzas en que el hijo de su querido nieto fuera a Grecia y se reuniera con la familia de su padre. Más tarde se decidiría con precisión cómo se criaría al hijo de Marcos. Por el momento, la prioridad era llevarlo a Grecia para que lo viera Timon y lo nombrara heredero antes de que el cáncer se lo llevara. Para hacerlo, tenía que conseguir que esa tía intransigente dejara de bloquearlo a cada paso que daba, pero ¿cómo? Una idea nada apetecible se abrió paso en su cabeza. Naturalmente, había una manera de acabar con las objeciones. Una manera que, según había comprobado en su experiencia empresarial, daba resultados. Una manera que no quería emplear en ese caso, pero que, si daba resultado, tenía que intentarla. Se lo debía a Timon, a Marcos y a todos los empleados de Petranakos Corporation.

–Sé que Timon querrá agradecerle sus desvelos con su bisnieto, que agradecerá su buena disposición a que se cumpla su ferviente deseo de que el hijo de

Marcos se críe con su familia paterna. Sé que, como muestra de su agradecimiento, querrá asignarle una cantidad que le garantice generosamente su seguridad económica para el porvenir.

Dejó que sus palabras calaran en ella sin dejar de mirarla. Ella, sin embargo, no se inmutó. ¿Acaso no había oído lo que había dicho?

–¿Quiere comprarme a Georgy? –preguntó ella inexpresivamente.

–¡Claro que no! –negó él con el ceño fruncido.

–Está ofreciéndome dinero para que se lo entregue.

Él negó con la cabeza. ¿Por qué tenía que expresarlo de una forma tan desagradable?

–Lo que estoy diciendo es que...

–Es que su abuelo me pagará si dejo que Georgy vaya a criarse a Grecia.

–¡No! No es eso...

Entonces, ella se levantó bruscamente con los ojos como ascuas.

–¡Es exactamente eso! ¿Cómo se atreve a decirme que me compraría a Georgy? ¿Cómo se atreve a hacer algo así? ¿Cómo se atreve a venir aquí para ofrecerme dinero a cambio de que le entregue al hijo de mi hermana?

Él también estaba de pie y era intimidante, pero no se dejaría intimidar y no le pagarían para que se separara de Georgy. Tomó aliento.

–¡Juré a mi hermana en su lecho de muerte que nunca abandonaría a su hijo! ¡Que nunca se lo entregaría a nadie! ¡Que siempre lo querría y lo cuidaría porque ella no podría hacerlo! Sabía que estaba muriéndose y que nunca podría ver a su hijo convertirse en un hombre, nunca, nunca...

Las palabras brotaban como si se hubiesen desgarrado de lo más profundo de ella y tenía los puños cerrados como si pudiera luchar para conservar a Georgy
con ella. Se hizo un silencio absoluto hasta que se oyó
un llanto. Habían despertado a Georgy con esa discu-
sión sobre lo que nunca iba a suceder. Se oyó otro
llanto y rodeó a Anatole.

–¡Márchese, por favor!

Fue al dormitorio y tomó a Georgy en brazos para
tranquilizarlo. Su cuerpo, pequeño y fuerte, también
la tranquilizó a ella. Lo abrazó con fuerza y sintió su
calidez como una bendición. ¿Cómo podía pedirle alguien que se desprendiera de él? Quería a ese niño
como a nadie en el mundo. Lo era todo para ella y ella
lo era todo para él. Los sentimientos que le oprimían
el pecho y el corazón fueron disipándose poco a poco.
Georgy estaba a salvo. Estaba en sus brazos y nunca
lo abandonaría. Le acarició la espalda y susurró algo
para serenarlo.

–¿Puedo verlo?

Se dio la vuelta y vio a Anatole en la puerta del
dormitorio, pero tenía algo distinto. Lo había visto
como alguien imponente que le decía cosas que no
quería oír, como una amenaza aterradora para todo lo
que más quería. Sin embargo, en ese momento, en la
penumbra, no le parecía imponente ni amenazante.
Solo parecía tenso, como si tuviera en tensión todos
los músculos del cuerpo y su rostro fuese inflexible.
Notó que Georgy levantaba la cabeza de su hombro y
que la giraba para ver de dónde había llegado la voz.
Miró a la figura de la puerta con unos ojos tan oscuros
como los que lo miraban a él. Por un instante, todos
se quedaron inmóviles, hasta que Georgy balbució

algo y alargó los brazos hacia el hombre de la puerta, el hombre que tenía unos ojos como los suyos, el hombre que era primo del padre que nunca había conocido y que nunca conocería.

Anatole, como a cámara lenta, se metió una mano en el bolsillo de la chaqueta y sacó algo que había llevado desde Grecia. Era un marco de plata del lujoso salón de su abuelo. Miró la foto y luego miró al bebé que estaba en brazos de su tía.

—Es el hijo de Marcos.

Anatole lo dijo sin alterarse, pero con un sentimiento profundo. Entonces, miró a Lyn.

—Mírelo —casi le ordenó levantando la foto.

Era una foto espontánea y algo anticuada, pero el parecido con el bebé era incuestionable. Tenían los mismos grandes ojos marrones, la misma forma de la boca y la cabeza, la misma expresión. ¿Cómo era posible que los genes de Marcos fueran tan evidentes a esa edad tan temprana?, se preguntó él dominado por la emoción.

—No podía estar seguro. Sabía que tendría que hacer una prueba de ADN, que habría dudas que exigirían esa medida —Anatole hizo una pausa y cambió el tono de voz y la expresión—. Sin embargo, ya no tengo dudas. ¡Es el hijo de mi primo! ¡El único vestigio que queda de él! Tiene que formar parte de la familia de su padre —levantó una mano para detener la réplica de ella—. Sin embargo, encontraremos la manera, tiene que haber alguna... —se detuvo y miró a Lyn—. Lamento haber dicho lo que he dicho. Fue ofensivo y tiene todo el derecho a estar enfadada. ¿Aceptaría mis disculpas?

La miró a los ojos como si quisiera abrirse paso en-

tre su expresión furibunda. Lyn tragó saliva lenta y
dolorosamente. Tenía un nudo muy grande en la garganta, pero no era solo por su despreciable oferta,
también era por la emoción de sus ojos y de su voz
cuando miró a Georgy. Estaba viendo a su primo
muerto en el bebé que tenía en brazos, como ella veía
a Lindy. Notó que algo cambiaba muy dentro de ella
y asintió lentamente con la cabeza.

–Gracias –dijo él en voz baja.

Anatole volvió a mirar a Georgy con la misma expresión y ella contuvo la respiración al sentir lo mismo
que él. Fue cansinamente a la sala y se dejó caer en el
sofá con las piernas temblorosas y el pulso todavía al-
terado. Sin embargo, algo había cambiado. Lo notaba
tan claramente como si el viento hubiese cambiado de
dirección. Estaba en la voz de él, en su rostro y en su
actitud mientras se sentaba en un extremo del sofá.
Además, el cambio también estaba en ella. ¿Sería porque había aceptado que Georgy era algo más que el
hijo de su difunta hermana y que también tenía una familia por parte de padre que lo quería tanto como ella?
No quería aceptar la verdad y se había resistido, pero
tenía que aceptarla. Por un instante, mientras Anatole
Telonidis se sentaba en el sofá, le pareció que estaba
demasiado cerca de ella. Quiso levantarse de un salto
para alejarse de la presencia tan intensa de ese hombre, pero, aunque contuvo el impulso, notó que
Georgy se inclinaba hacia esa novedad en su vida, que
balbucía algo y que alargaba los brazos hacia el primo
de su padre. Entonces, vio algo extraordinario. Vio
que ese hombre alto y amenazador que había irrum-
pido en su vida, que había reavivado sus temores más
profundos con sus exigencias, se transformaba. Dijo

unas palabras en griego y luego alargó una mano hacia el niño, lo hizo lentamente, como si se moviera en unas aguas cenagosas. Un puño diminuto se cerró alrededor del dedo moreno y tiró de él para intentar llevárselo a la boca.

–Hola, Georgy –lo saludó Anatole con la voz ronca–. Hola, pequeño.

Ella pudo ver con toda claridad, aunque fuese algo extraordinario, una expresión de maravillado asombro en ese rostro imponente. Sintió una punzada de algo que no supo qué era, pero que era algo muy poderoso. No podía dejar de mirar la transformación de ese hombre, pero él no podía apartar la mirada del bebé que lo había llevado hasta allí, del hijo de su difunto primo. Oyó que murmuraba algo en griego, algo delicado como una caricia, algo que notó en su piel aunque no fuese dirigido a ella y que hizo que sus sentidos se alteraran con fuerza.

Entonces, Georgy se retorció con impaciencia entre sus brazos mientras tiraba del dedo que tenía agarrado. Ella lo soltó un poco para que pudiera llegar bien, pero él había visto algo más tentador y soltó el dedo para dirigirse hacia la corbata oscura que colgaba hipnóticamente. Con considerable placer, consiguió alcanzarla y se metió la punta en la boca con avidez. Ella no pudo evitar reírse.

–¡Georgy, eres un ganso!

Levantó una mano para que el bebé soltara la corbata y se dio cuenta de que, al hacerlo, se había acercado inquietantemente al hombre que la llevaba. Georgy dejó escapar un gruñido de fastidio. Ella le tomó las manitas y fingió regañarlo mientras se ponía recta y se apartaba de ese hombre tan perturbador.

–¡No, no puedes comértela! ¡Eres un pequeño monstruo!

Le dio un beso en la nariz entre risas y miró a Anatole, cuya corbata, evidentemente carísima, tenía la punta empapada.

–Lo siento. Espero que no esté muy estropeada.

Ella lo dijo con cierto bochorno que no se debía solo a la travesura de Georgy, sino también a que se sentía cohibida por estar en el sofá con Anatole Telonidis.

–No tiene importancia –comentó él mirándose la corbata.

Entonces, antes de que ella se diera cuenta de lo que estaba haciendo, él se quitó el reloj de oro y se lo ofreció a Georgy, quien abrió los ojos con deleite, lo agarró y se lo llevó al pecho.

–¡Está loco! –exclamó ella mirando a Anatole con asombro–. ¡Intentará comérselo!

Él, sin embargo, se limitó a mirar al bebé.

–Georgy, no te lo comas. Un caballero no se come su reloj. ¿Entendido?

Georgy lo miró fijamente. Esa voz seria y profunda lo había impresionado. Efectivamente, no intentó comerse el Rolex y se conformó con tenerlo agarrado mientras clavaba la mirada en el hombre que le había dado ese consejo. Anatole la miró con sorna, con una extraña intimidad que hizo que se estremeciera. Sin embargo, su triunfo duró muy poco porque Georgy, con un movimiento repentino, se llevó el reloj a la boca.

–¡No, Georgy!

Los dos adultos reaccionaron con rapidez, pero el intento de Anatole de quitarle el reloj solo consiguió que el niño empezara a llorar con rabia. Ella rebuscó precipitadamente en el cubo de plástico que tenía junto al sofá, sacó un juego de llaves también de plástico, el juguete favorito de su sobrino, y consiguió cambiárselo por el reloj de oro. Se lo devolvió a su dueño, sin mirarlo a los ojos, y se puso a Georgy en el regazo mientras él chupaba las llaves. Se sentía insoportablemente incómoda, pero sabía que algo había cambiado, que se había distendido.

—Entonces, ¿qué hacemos? —preguntó una voz profunda para romper el silencio.

Capítulo 3

LYN lo miró. Anatole Telonidis estaba mirándola y ella supo con certeza que algo había cambiado. Seguía conservando la cautela, pero el arrebato de rabia y furia contra él se había esfumado. El tono de la voz de él también era distinto, era más franco, como si ya no le dictara lo que tenía que pasar, como si se lo preguntara con sinceridad. Sin embargo, solo podía contestar lo que le había arrojado a la cara hacía cinco minutos. ¡Nunca se desprendería de Georgy! Se encogió de hombros y bajó la mirada. No quería mirarlo. Se sentía más cohibida. Si bien antes había podido escudarse en la ira contra él por sus exigencias dictatoriales, en ese momento se sentía vulnerable.

Anatole la miró con el bebé en el regazo. Ella observaba con atención al niño que chupaba las llaves y balbucía para sí mismo. Un sentimiento abrumador se adueñó de él. Sabía que era el hijo de Marcos aunque no le hiciera la prueba de ADN y sintió la imperiosa necesidad de protegerlo y quererlo. Lo cual, era lo mismo que sentía ella. Su inflexibilidad y su arrebato de furia se habían debido a unos sentimientos muy profundos, unos sentimientos que él entendía y distinguía. Eran amor y dolor. No podía desprenderse del niño en ese momento ni de esa manera. Era inconcebible para ella.

Era imposible que no hiciera lo que había hecho, que no se hubiese enfurecido solo de pensarlo. Sintió una punzada de algo que no se había imaginado que sentiría. Verla atender al niño con tanta ternura tenía algo de conmovedor. Su rostro era más delicado sin la expresión defensiva y agresiva, su perfil, animado por las sonrisas que dirigía al bebé, era más amable. Sin esperarlo, se le ocurrió que, si se peinara bien y se preocupara un poco por su aspecto, sería muy distinta. Se lo reprochó a sí mismo. ¿Cuánto dinero y tiempo tenía ella para ocuparse de su aspecto? Estudiaba y cuidaba a un bebé con un presupuesto claramente limitado. Además, a juzgar por las ojeras, tampoco dormía lo suficiente. Sintió el impulso de aliviarle esa carga que llevaba sola, pero sin arrebatarle el bebé al que adoraba.

—Tiene que haber alguna manera de que alcancemos un acuerdo.

Ella lo miró y él volvió a captar la cautela y el miedo en sus ojos.

—¡No va a arrebatarme a Georgy!

—Puedo ver lo mucho que significa para usted el hijo de Marcos —replicó él levantando una mano—, pero, puesto que significa tanto para usted, le pido que entienda lo mucho que significa también para la familia de su padre —hizo una pausa y deseó que desapareciera el temor de los ojos de ella—. Necesito que confíe en mí. Necesito que me crea cuando digo que tiene que haber alguna manera de solucionar este callejón sin salida.

Ella oyó sus intensas y persuasivas palabras, sintió la fuerza de su mirada oscura y expresiva, la fuerza de su magnetismo, la fuerza de su presencia y el impacto en ella. Notó que se le alteraban los sentidos y los sofocó, pero no pudo sofocar la intensidad de su mirada, la intensidad de esos ojos que la miraban y que querían que aceptara lo que estaba diciendo.

–No quiero que haya animadversión ni conflictos entre nosotros –siguió él–. Estoy seguro de que se puede encontrar la manera si... si hay buena voluntad y, sobre todo, confianza.

Ella notó que sus sentimientos oscilaban y que su resistencia se debilitaba. Él siguió como si lo hubiese percibido.

–¿Llevaría a Georgy a Grecia? Solo para una visita. No pido nada más por el momento. Solo para que su bisabuelo pueda verlo.

La miró a los ojos y el miedo reapareció. Ella le acarició la cabeza a Georgy con una mano temblorosa.

–No tiene pasaporte.

–Eso puede solucionarse –replicó él inmediatamente–. Me ocuparé.

–Yo... yo no sé si me dejarán sacarlo del país...

–Es su tía, ¿por qué no iba a poder viajar con usted? –preguntó él con el ceño fruncido.

Por un segundo, volvió a captar en sus ojos lo que vio cuando le preguntó si había adoptado a Georgy o no.

–Dijo que el trámite de la adopción no está terminado todavía. ¿Afecta eso a que pueda sacarlo del país?

–Oficialmente, solo soy su tutora –contestó ella sin mirarlo–. Yo... yo no sé las normas...

–Bueno, me enteraré. Estas cosas pueden solucionarse.

No quería que ella se escudara en las leyes, quería que aceptara lo que él necesitaba con urgencia, que llevara al hijo de Marcos a Grecia. Sin embargo, no la presionaría más por el momento. Ya se lo había pedido y le dejaría que se acostumbrara a la idea. Se levantó y la miró.

–Ha sido un día... agitado para usted y para mí también.

Miró al bebé que tenía en el regazo, quien se había dado la vuelta para mirarlo. Le dio un vuelco el corazón. Se parecía muchísimo a Marcos. Casi automáticamente, dirigió la mirada hacia la joven que sostenía al hijo de su primo. Podía ver al padre del bebé en el rostro del niño, pero ¿y la madre que había perdido la vida por dársela a él? Miró con detenimiento a su tía para buscar algún parecido, pero no lo encontró en los ojos grises con ojeras ni en los altos pómulos ni en el definido contorno del mentón. Vio que ella se sonrojaba y miró hacia otro lado. La cohibía y no quería incomodarla más. Aun así, notó que el color de sus mejillas le daba cierto resplandor y la hacía más atractiva. Podría llegar a ser... Desechó la idea. No estaba allí para valorar si la tía del niño que había buscado por todos los medios tenía esas cualidades femeninas que lo atraían como hombre.

–Perdóneme –se disculpó él sinceramente–. Veo tan claramente a mi primo en su hijo que... que intentaba encontrar lo que había heredado de su madre.

Había querido tranquilizarla, que no pensara que la miraba con la intención de incomodarla, pero, a juzgar por su reacción, había conseguido todo lo contrario. Vio que ella palidecía y que sus ojos dejaban escapar un destello de miedo. Frunció el ceño. Esa reacción tenía que tener un motivo, pero ¿cuál? No era importante por el momento. Lo importante era que se marchara pudiéndose comunicar con ella para que pudieran hablar de lo que había que hablar, de cómo conseguiría su objetivo sin arrebatarle el sobrino al que quería tanto. Quiso despedirse de una forma tranquilizadora.

—Ahora, me marcharé, pero mañana volveré a visitarla. ¿A qué hora le viene bien?

—Tengo clases por la mañana, pero nada más —contestó ella en tono vacilante.

—Perfecto. Vendré por la tarde y podremos seguir hablando, haremos más planes. Planes que aceptaremos los dos —añadió al ver su expresión—. Ya sé que no se desprenderá de Georgy, que lo quiere demasiado. Además, tiene que saber que como no pueden arrebatárselo porque es la hermana de su madre y la persona indicada para adoptarlo, no tiene nada que temer de mí. Decidamos lo que decidamos sobre el porvenir de Georgy, será con su consentimiento. No tiene nada que temer, nada en absoluto.

Eso tendría que darle la tranquilidad que necesitaba para que hiciera planes a largo plazo sobre la forma de criar al niño. Sin embargo, ella seguía retraída. Él notó que seguía completamente decidido. Georgy se reuniría con la familia de su padre fuera como fuese, costara lo que costase. Miró al bebé y a su tía.

—No se levante. Saldré solo.

Se marchó y solo se oyó a Georgy que chupaba las llaves de plástico. Lo abrazó con fuerza. Se sentía débil, temblorosa y devastada, como si un maremoto la hubiese arrasado. Sintió el impulso casi incontenible de salir corriendo hasta que estuviera lejos del peligro que la amenazaba, que amenazaba a Georgy. El peligro que encarnaba Anatole Telonidis.

Anatole se dejó caer en el asiento del coche y le pidió al conductor que lo llevara al hotel. Sacó el móvil. Había llegado el momento de llamar a Timon para contarle lo que había descubierto. A quién había descubierto. No le había dicho nada hasta el momento para no crearle ilusiones que quizá no pudiera cumplir, pero ya sabía que había encontrado al hijo de Marcos. El hijo que lo cambiaba todo. Timon lo saludó con la voz tensa y él empezó a hablar. A los pocos minutos, Timon era una persona distinta, un hombre que, milagrosamente, había encontrado un motivo para vivir, un hombre que solo tenía una meta en la vida.

–¡Tráemelo! ¡Tráeme al hijo de Marcos! ¡Haz todo lo que tengas que hacer para traerlo!

–Lo haré. Haré todo lo que tenga que hacer.

Sin embargo, cambió de expresión al terminar la llamada. No sabía qué sería todo lo que tendría que hacer. Solo sabía que, fuera lo que fuese, Lyn Brandon tendría que aceptarlo. Ella tenía los ases en la mano porque era quien tenía más posibilidades de ser la madre adoptiva de Georgy. ¿Qué tendría que hacer para convencerla de que el hijo de Marcos se criara en Grecia? Tendría que descubrirlo. Empezó a darles vueltas a las implicaciones, posibilidades y argumentos y fue ocurriéndosele una idea. Una idea tan radical, tan disparatada, que la frenó en seco.

Capítulo 4

ESTÁ segura de que no tiene frío?

Anatole frunció el ceño al mirar al niño en su cochecito.

–No, de verdad. Va muy abrigado –contestó Lyn.

Miró al hombre que estaba sentado con ella en un banco del parque. El día era más soleado que el anterior, pero todavía no había llegado la primavera y podía entender que alguien acostumbrado a los climas cálidos creyera que hacía mucho frío. Sin embargo, había sido él quien propuso llevar al bebé al parque. Seguramente, porque un hombre como él no estaría acostumbrado a estar en sitios tan destartalados como su piso. Ese parque urbano no era mucho mejor, pero tenía una zona de juegos para niños y a Georgy le gustaba mirarlos. A ella le parecía que el banco era demasiado pequeño y la presencia física de Anatole la abrumaba tanto como el día anterior. ¿Cómo podía ser tan guapo? Tuvo que hacer un esfuerzo para recordarse que eso era completamente irrelevante, que lo único que importaba era que él quería que Georgy fuese a Grecia. Daba igual que se sintiera muy rara al estar sentada en un banco con él y con el cochecito de Georgy al lado y que la gente creyera que eran una familia. Sintió cierto anhelo. Era la mejor madre que podía ser para Georgy, pero por mucho que intentara sustituir a Lindy, no había nadie que hiciera lo mismo con el padre de Georgy. Desechó esa idea. La tenía a ella y eso era esencial. Fuera lo que fuese lo que Anatole quisiera decirle esa tarde, ¡nada cambiaría eso!

–¿Ha vuelto a pensar en lo que hablamos ayer? –le preguntó él–. En llevar a Georgy a Grecia para que conozca a su bisabuelo. Ayer hablé con Timon –la voz de Anatole cambió y ella percibió la emoción–. ¡No puedo expresarle lo entusiasmado que está!

–No lo sé –contestó ella–. No lo sé. Usted dice que solo será una visita, pero eso no fue lo que dijo al principio. ¡Dijo que quería que Georgy se criara en Grecia! Podría impedir que Georgy volviera aquí conmigo, podría intentar que se quedara en Grecia.

Él captó el miedo de su voz por enésima vez, pero estaba decidido.

–Necesito que confíe en mí.

–¿Cómo? –exclamó ella.

Anatole la miró. ¿Siempre dudaría de todo, desconfiaría de él y lo temería? Ni Timon ni él tenían tiempo. Timon había decidido hablar con el oncólogo y preguntarle si estaba demasiado débil para recibir el tratamiento que necesitaría si quería retrasar la muerte aunque fuese un poco, lo suficiente para ver a su bisnieto y nombrarlo su heredero, como él quería que hiciera. Había prometido que haría lo que fuese necesario para que el hijo de Marcos fuese a Grecia y para cerciorarse de que su porvenir estuviese allí. Sin embargo, la tía del niño se oponía a todo. ¿No sería el momento de dar ese paso radical que acabaría con todas las objeciones? La desarmaría completamente, pero era tan drástico que le costaba creer que se le hubiese ocurrido a él. Sin embargo, ¿qué otra cosa podía hacer para que dejara de oponerse a lo inevitable?

–Entiendo sus temores –contestó en el tono más tranquilizador que pudo–, pero son innecesarios. Ya le dije que tiene que haber alguna manera de resolver este punto muerto sin que haya conflicto.

–¡No sé cómo! –exclamó ella–. Usted quiere que Georgy se críe en Grecia con la familia de su padre y yo quiero que se quede aquí conmigo. ¿Cómo puede resolverse?

–¿Por qué no acompaña a Georgy?

–¿Que lo lleve a visitar a su bisabuelo? –preguntó ella inexpresivamente.

–No, no solo de visita, que vaya a vivir allí.

–¿A vivir en Grecia? –preguntó ella como si no hubiese oído bien–. ¿Georgy y yo?

–¿Por qué no? –preguntó él mirándola con atención.

–¡Soy británica! –contestó ella porque fue lo único que se le ocurrió.

Él sonrió levemente y ella, aunque fuese irrelevante, pensó que se le había iluminado la expresión. Además, le bulló la sangre.

–Hay muchos británicos que viven muy contentos en Grecia –replicó él con ironía–. ¡Les parece que el clima es mucho más benigno! –añadió señalando alrededor.

–Pero todavía no me he licenciado en contabilidad y aunque lo haga, no podría hacer las prácticas allí. Además, ¡no hablo griego! ¿Cómo iba a ganarme la vida?

Él arqueó las cejas. ¿Había preguntado eso de verdad?

–No hace falta decir que no tendría que hacerlo –contestó él con más ironía todavía.

–¡No voy a vivir de la caridad! –replicó ella con un destello en los ojos grises.

–No sería una cuestión de caridad. Timon se empeñaría en que recibiera una asignación.

–¿Me contrataría como su cuidadora? –preguntó ella apretando los labios–. ¿Es eso lo que está diciendo?

–¡No! ¿Cómo iba a ser su cuidadora si va a ser su madre adoptiva?

Había creído que la tranquilizaría, pero volvió a ver el miedo que había visto tantas veces y entrecerró un poco los ojos.

–¿Hay algún problema con su solicitud para adoptar a Georgy?

Lo preguntó con toda la intención de descubrir cualquier punto débil. Alguna vulnerabilidad que tendría que aprovechar si ella volvía a ser tan obstinada y poco colaboradora como el día anterior. Sin embargo, no haría falta porque habían llegado a un punto en el que podían hablar del porvenir de Georgy sin que se convirtiera en una explosión de sentimientos. La observó con detenimiento y supo que había dado en la diana.

–¿Qué pasa? –preguntó él sin rodeos.

Ella se retorció las manos con inquietud y miedo, pero tenía que contestar.

–Cuando murió Lindy, las autoridades quisieron hacerse cargo de Georgy para darlo en adopción, para que lo adoptara una pareja sin hijos. ¡Hay muchas deseosas de tener un bebé!

Él se sintió como si le clavaran una fría daga. ¡Era lo que se había temido desde que ella le dijo que no era la madre biológica de Georgy!

–Incluso ahora, podrían entregarlo a una pareja casada.

–Pero es su tía. ¡Eso tiene que darle prioridad para reclamarlo!

–Dicen que soy demasiado joven, que sigo siendo una estudiante y que sería una madre soltera...

Se le quebró la voz, el miedo volvió a sus ojos y él se quedó un momento en silencio.

–Sin embargo, ¡no voy a darme por vencida! ¡Nunca me daré por vencida digan lo que digan o hagan lo que hagan! ¡Nunca renunciaré a Georgy! ¡Nunca!

Le temblaban las manos sobre el regazo por la angustia, hasta que una mano grande, fuerte y cálida se las cubrió.

–Hay una solución –Anatole lo dijo aunque no podía creerse que lo hubiese dicho–. Hay una solución para todo el dilema.

Ella lo miró a los ojos y él sintió el impacto del miedo.

–Dice que dos de los argumentos contra su adopción son que es estudiante y soltera –él hizo una pausa porque se preguntó si iba a decir lo que estaba a punto de decir–. ¿Qué pasaría si dejara de serlo? ¿Qué pasaría si se convirtiera en un ama de casa que puede dedicar sus días a Georgy, que tiene un marido que los mantiene y que es la figura paterna que necesita Georgy?

–No lo entiendo –replicó ella.

Él le agarró las manos con más fuerza.

–¿Qué pasaría si ese marido y esa figura paterna fuese yo?

Durante un momento, se quedó mirándolo con los ojos como platos, hasta que retiró las manos y se apartó.

–¡Eso es un disparate!

Anatole negó con la cabeza. Se había esperado esa

reacción. Al fin y al cabo, era la misma reacción que tuvo él cuando se le ocurrió la idea.

–No es un disparate, es lógico –replicó él levantando una mano–. Escuche lo que quiero proponerle.

Ella se había quedado pálida como la cera y con la misma expresión inflexible que le había visto el día anterior. Pensó que no le favorecía, pero lo dejó a un lado. En ese momento, su belleza no era lo importante. Lo importante era que viera el mundo como él y lo antes posible.

–Si nos casáramos, solucionaríamos todos nuestros problemas de un plumazo. Las autoridades de aquí no podrían objetar que es una madre soltera sin recursos para mantener al niño y, además de ser la tía materna de Georgy, ¡se casaría con alguien que es lo más cercano que tiene a un tío! Para rematarlo –añadió él con ironía–, nadie podrá dudar de que puedo mantener económicamente a una familia.

Ella seguía mirándolo como si estuviera loco.

–¡Pero no lo conozco de nada! ¡Lo conocí ayer!

Además, era lo opuesto a quien ella elegiría como marido. Algo que le daba escalofríos y que anulaba todo lo que había dicho él sobre la lógica de su disparatada idea.

–Todos los matrimonios fueron unos desconocidos alguna vez –replicó él encogiéndose de hombros.

Sin embargo, seguía sintiendo cierta incredulidad. ¿Realmente estaba diciéndole eso a la chica que tenía sentada al lado? ¿Estaba hablando en serio de casarse con ella? Aun así, efectivamente, era la forma más eficaz de conseguir lo que había que conseguir, que el hijo de Marcos fuera a Grecia y se criara como heredero de Timon.

–Piénselo –siguió él–. Naturalmente, le daré tiempo, pero le ruego que lo piense en serio.

La miró y pensó que, en ese momento, no podía pensar nada en serio, aparte de que un tornado estaba echándosele encima. Seguía mirándolo sin comprender nada.

–¡No puedo casarme con usted! ¡Es lo más absurdo que he oído en mi vida!

–No es absurdo porque...

–¡Sí lo es! Es completamente absurdo y... y... y...

Ella ya no supo qué decir y él aprovechó la ocasión.

–Nuestro matrimonio solo tendría como objetivo garantizar al porvenir de Georgy. Una vez conseguido... –tomó aliento sin dejar de mirarla– ya no tendría por qué existir.

–No lo entiendo –afirmó ella parpadeando.

–Yo lo entiendo así. Nuestro matrimonio garantizaría la adopción de Georgy porque somos los familiares más cercanos que tiene, pero una vez adoptado, no habría ningún motivo para que sigamos casados. Podemos divorciarnos –Anatole cambió de expresión–. Siempre y cuando Georgy siga criándose en Grecia.

–¿Por qué es eso tan importante?

–Timon se empeñará –Anatole hizo una pausa–. Timon nombrará heredero a Georgy y heredará Petranakos Corporation cuando Timon muera, como habría hecho Marcos si viviese.

–Pero usted también es su nieto –replicó ella con el ceño fruncido–. ¿Por qué no la hereda usted?

–Yo soy hijo de la hija de Timon, no soy un Petranakos. Tengo la herencia de mi padre y no quiero la de Georgy. Lo que sí quiero es el poder para dirigir Petranakos Corporation hasta la mayoría de edad de Georgy

–le explicó él mirándola a los ojos–. No tengo que exponerle lo grave que es la situación económica de Grecia en estos momentos. El desempleo es descomunal y muy doloroso. La situación de la empresa es... complicada y se ha complicado más desde la enfermedad de Timon. Peor aún, cuando Marcos murió, Timon decidió nombrar heredero a un primo lejano, a un Petranakos, que, francamente, no podría dirigir ni un bar y mucho menos una empresa de muchos millones de euros en una situación precaria. Si llega a dirigirla, la hundirá y miles de personas perderán su empleo. ¡No puedo ni quiero quedarme de brazos cruzados!

Tomó aliento sin dejar de mirarla y con la esperanza de que entendiera lo que lo impulsaba.

–Sé perfectamente lo que hay que hacer para encauzarla otra vez y salvar los empleos, pero, para eso, Timon insistirá en que Georgy se críe en Grecia.

Ella captó la convicción de su voz, pero eso no cambió su reacción ante la propuesta más absurda y disparatada que había oído en su vida. Aunque él quisiera divorciarse después... Abrió la boca para decirlo, pero él seguía hablando.

–¡Puede entender por qué un matrimonio entre nosotros tiene sentido! ¡No solo satisface a las autoridades, sino que también satisface a Timon! Sabrá que, cuando él muera, el hijo de Marcos se criará en Grecia bajo mi tutela.

Sabía que lo que Timon querría era exactamente que él se ocupara del hijo de Marcos como si fuese suyo. Además, ¡eso era también lo que él quería! Se dio cuenta y miró al ser diminuto que estaba en el cochecito. Le embargó la emoción. ¡Claro que se ocuparía del hijo de Marcos! Lo había conocido hacía poquísimo tiempo, pero ya le había robado el corazón y nunca lo abandonaría. Eso era una certeza y haría lo que fuese necesario.

–¡Sigue siendo imposible! ¡Completamente imposible!

Su grito estridente hizo que la mirara. Ella vio que su expresión había cambiado y el miedo la atravesó. La miraba con los ojos velados, pero habló sin alterarse, algo que la inquietó.

–Por favor, entienda que, si no podemos ponernos de acuerdo en esto, entonces... entonces presentaré una solicitud para adoptarlo como familiar más cercano por parte de padre.

Lo había dicho y ella reaccionó como él sabía que reaccionaría. Se quedó pálida y aterrada, pero él insistió sin compasión.

–¿De verdad quiere correr el riesgo de que mi demanda se imponga a la suya aunque sea primo de su padre y no la hermana de su madre como es usted?

Pareció como si ella quisiera hacerse un ovillo y sus ojos brillaron con más miedo todavía. Vio que retorcía las manos sobre el regazo y volvió a tomárselas mirándola a los ojos.

–No tiene por qué pasar eso, sinceramente. No quiero enfrentamientos ni conflictos. Quiero que confíe en mí y en lo que le propongo, que la mejor manera de solucionar esto es casándonos.

Ella seguía encogiéndose con una expresión de miedo.

–Necesito que confíe en mí –repitió él.

Lyn notaba que su mirada calaba en ella y que quería que aceptara lo que estaba diciendo, pero ¿cómo podía aceptarlo? ¡Querría adoptar a Georgy para él!

Emplearía su fortuna, y la del bisabuelo de Georgy, para que los abogados y jueces utilizaran toda su influencia... Además, el dinero no era lo único que le daba poder para arrebatarle a Georgy... Ese miedo tan conocido y aterrador se adueñó de ella. Se levantó de un salto dando un ligero grito y se soltó de esa mano cálida y fuerte que la agarraba.

–¡No quiero! ¡No quiero nada de esto! ¡Solo quiero que todo vuelva a ser como antes!

Él también se levantó y suspiró. Entendía la reacción de ella.

–A mí también me gustaría –dijo él con una emoción sombría–. Me gustaría que fuese como antes de que le diagnosticaran un cáncer terminal a Timon, como antes de que Marcos se matara en un accidente de coche, pero no puedo... y usted tampoco. Lo único que podemos hacer... es seguir lo mejor que podamos.

Miró a Georgy y su expresión se suavizó. Luego, volvió a mirar a Lyn, quien temblaba de los pies a la cabeza.

–Y lo mejor que podemos hacer es pensar en Georgy.

El hijo de Marcos, como si hubiese oído su nombre, giró la cabeza y lo miró. Anatole se agachó para observarlo de cerca. Ella los miraba desde arriba abrumada por la emoción. Anatole desvió la mirada hacia ella, vio que estaba conmocionada y decidió que había que aligerar la situación.

–Venga –le pidió tendiéndole una mano–. Ya hemos tenido bastante por el momento. Vamos a descansar un poco –él señaló los columpios y el tobogán–. ¿Puede montarse Georgy?

–Le gusta el tobogán, pero tiene que sujetarlo. ¡No lo suelte!

–Perfecto.

Anatole desabrochó la correa del cochecito y tomó a Georgy, quien gritó de emoción. Ella se quedó mirándolos. Él hablaba en algo que tenía que ser griego y ella sintió una punzada. Georgy era tan griego como inglés. ¿Podía negarle todo lo que le ofrecía la familia de su padre? Sería el heredero de una fortuna. A ella le daría igual, pero ¿Georgy no querría esa herencia cuando fuese mayor? ¿No querría formar parte de su legado griego también? Aun así, lo que acababa de proponerle Anatole Telonidis era absurdo y nadie podía decir lo contrario. Sintió un escalofrío. Sin embargo, él había dejado claro, despiadadamente claro, que, si no aceptaba eso tan absurdo, intentaría adoptar a Georgy. El miedo la atravesó como un puñal. ¡No podía perder a Georgy!

Observó a Anatole que subía a Georgy hasta la mitad del tobogán y que lo bajaba hasta el final entre el evidente alborozo del niño. Lo repitió una y otra vez mientras en su cabeza resonaban las palabras que le había dicho. La situación no podía ser como antes, solo podía seguir adelante, hacia un futuro incierto y aterrador que podía significar que perdiera a Georgy para siempre. Tenía que hacer lo que fuese para evitarlo, para conservarlo con ella. Tenía que hacer lo que fuese necesario. Si tenía que tomar la decisión más disparatada y absurda de su vida...

–Si... si seguimos adelante... con lo que ha dicho... entonces... –ella intentó hablar con más firmeza, pero no pudo–. ¿Cuánto tiempo cree que pasará... umm... hasta que... nos divorciemos?

–Depende –contestó Anatole.

Él agarró a Georgy y volvió a sentarse en el banco al lado de ella con el niño en las rodillas. Le gustaba la sensación y le dio a Georgy las llaves de plástico. Él empezó a morderlas inmediatamente. Se le encogió el corazón al pensar en su indisciplinado primo, quien no había merecido morir tan joven y trágicamente, quien había dejado un hijo desamparado. Sin embargo, su hijo lo tenía a él para que velara por sus intereses y le asegurara un porvenir.

–¿De qué?

La pregunta de Lyn lo devolvió a la realidad. Tomó aliento y se concentró en esa mujer, a la que había conocido el día anterior y a la que estaba pidiéndole que se casara con él... para divorciarse lo antes posible.

–Bueno, no sé cuál es el tiempo mínimo que se exige. No sé qué dice la ley ni si es distinta en Grecia que aquí. Naturalmente, lo primero es consumar la adopción, ya que es el único motivo para que nos casemos.

–Creo que la ley prevé los matrimonios... simulados. La ley dice que tiene que ser un matrimonio... auténtico –replicó ella tragando saliva.

–Lo será, ¿no? –preguntó él sin inmutarse–. Nos casaremos de verdad para ofrecerle seguridad a nuestro familiar huérfano. No veo que eso sea un problema.

¡El problema estaba en la mera idea de casarse con Anatole Telonidis! Volvió a tragar saliva.

–¿Cuándo... cuándo sería... la boda?

–Bueno, también creo que hay plazos legales y tampoco sé los que fija la ley aquí –la miró a los ojos–. La cuestión es que tendremos que casarnos en Grecia porque Timon no puede viajar.

–Grecia... –susurró ella.

Él esbozó una sonrisa y ella sintió la misma palpitación que notó la primera vez que se le iluminó el rostro por una sonrisa.

–Lyn, hablas de mi país como si fuese la cara oculta de la luna.

–Yo... yo nunca he estado allí.

–Entonces, te llevarás una agradable sorpresa. Mi abuelo vive a las afueras de Atenas. Su villa está en la costa y tiene una playa privada donde Marcos y yo jugábamos cuando íbamos a visitarlo. Lo que propongo es que no vivamos en la villa principal, que es enorme y algo anticuada, sino en la casa de la playa, que es mucho más confortable y que también da directamente a la arena. Sería ideal para Georgy.

La voz de Anatole era más cálida y ella intentó parecer agradecida.

–Estaría bien... –comentó ella.

«Estaría bien», se repitió él en la cabeza. Efectivamente, la villa palaciega de Timon con la casa de la playa en el inmenso jardín «estaría bien» para alguien que vivía en un piso diminuto y destartalado de un edificio de hormigón...

–¿Eso te tranquiliza? –preguntó él.

¡No! ¡No había nada en esa disparatada idea que la tranquilizara! Sin embargo, ¿para qué iba a decírselo? La idea era absurda, pero Anatole Telonidis se la tomaba en serio y hablaba de ella como si fuese a concretarse. Aun así, ¿iba a casarse con un hombre que hacía cuarenta y ocho horas no sabía que existía? Un hombre que vivía en el estratosférico mundo de los ricos cuando ella era una estudiante que pasaba apuros para comer. No era como Lindy. Lindy era rubia, tenía los ojos azules y una figura exuberante. No le extrañaba que el vividor Marcos Petranakos se fijase en ella cuando vivía en Londres. Si ella fuese como Lindy, no se sentiría tan rara hablando de algo tan íntimo como el matrimonio con un hombre como Anatole Telonidis. Sin embargo, ¿no sería íntimo...? Si ya era absurdo y disparatado pensar en casarse con él, era impensable todo lo que no fuese el mero trámite. Solo sería un matrimonio legal por el bien de Georgy. Anatole y ella presentarían un frente unido para convencer a las autoridades de que eran los mejores padres que podía tener. Sin embargo, ¿si no presentaban un frente unido y Anatole quería quedárselo solo para él...? El pánico se adueñó de ella. Si pasaba eso, él descubriría lo que ella no debía permitir que descubriera...

–Lyn...

Lynette volvió a la realidad, lo miró y sintió el impacto de sus ojos clavados en ella, sintió el bullir de la sangre que le producía su mirada.

–¿Estamos de acuerdo? –preguntó él–. ¿Te he convencido de que es lo mejor que podemos hacer?

Ella se mordió el labio inferior. Quería tiempo para pensarlo, pero ¿de qué iba a servir? Cuanto más tiempo lo retrasara, más probable sería que él se impacientara y que encargara a sus abogados que presentaran la solicitud para adoptar a Georgy. Tomó aire.

–De... acuerdo –contestó ella con la voz entrecortada–. Lo haré.

Capítulo 5

MIRÓ alrededor con Georgy en brazos. La habitación a la que le había llevado Anatole era inmensa y tenía una moqueta inmaculada con sofás y butacas tapizados de color crema. El ventanal daba a un parque del oeste de Londres. No podía ser más distinta de su diminuto piso. Sin embargo, se quedaría allí hasta que fuese a Atenas... para casarse con Anatole Telonidis. Volvió a sentirse aterrada, pero ya era tarde. Había dejado el curso de la universidad, había cruzado Londres con Anatole en su coche con chófer y una empresa de mudanzas se había hecho cargo de sus pertenencias. Él se había ocupado de todo y ella había dejado de saber lo que estaba pasando, salvo que todo lo que conocía estaba dando un vuelco. Entonces, él se dio la vuelta para mirarla mientras ella admiraba el lujoso piso que había alquilado.

–Ven a elegir el dormitorio que quieres para ti y Georgy.

Volvió con ella al pasillo, donde había varias puertas. Sabía cuál elegiría, el que estuviera más lejos del dormitorio principal, donde dormiría él. Se sonrojó. ¿Cómo iba a vivir tan cerca de un hombre que era un desconocido para ella? Peor aún, de un hombre que, en el terreno físico, estaba a millones de kilómetros de su anodino aspecto. Sin embargo, ¿qué podía importarle eso? Su matrimonio solo iba a ser un trámite para adoptar a Georgy.

—En el sótano hay un gimnasio y una piscina para los residentes y el edificio tiene salida directa al parque, algo muy cómodo para sacar a Georgy —comentaba él—. Los pisos tienen todos los servicios y pueden traer las comidas, como en un hotel. Naturalmente, también pueden traer todo lo que quieras comprar y hay un servicio de limpieza para que no tengas que hacer nada. Pide los juguetes, ropa o lo que quieras para Georgy. Cuando nos vayamos, podremos llevárnoslo todo a Grecia. Pronto te darán una tarjeta de crédito y estoy abriéndote una cuenta bancaria, en la que ingresaré dinero para que puedas disponer de él.

La miró. Parecía estar asimilándolo, pero no se podía saber. No había abierto la boca. Todavía estaría conmocionada... Su vida había dado un vuelco y estaría intentando adaptarse, como él... Por un instante, algo le dijo que lo que estaba haciendo era una locura, pero lo acalló. Ya no podía echarse atrás ni por él ni por ella. Tenían que seguir adelante.

—Sé que es desconocido para ti —siguió él en un tono delicado—, pero te acostumbrarás enseguida. Siento tener que dejarte, pero tengo que hacerlo. Tengo que ver a mi abuelo y hablar con los médicos sobre el tratamiento que podrá recibir. Tengo que contarle nuestros planes y apremiarlo para que nombre a Georgy su heredero, para que me ponga al frente de Petranakos Corporation lo antes posible. Además, tengo que atender algunos asuntos propios y urgentes que pueden haberse descuidado desde que vine a Londres. Entretanto, mis abogados están tramitando con los asistentes sociales un pasaporte para Georgy y un permiso para sacarlo del país, además de todo lo relativo a nuestro matrimonio y a la forma de acelerar el proceso de adopción. Pasaré un par de días en Atenas y luego volveré –sonrió para tranquilizarla–. Estoy seguro de que entonces estarás más asentada. Tienes mi número de teléfono y, naturalmente, puedes llamarme siempre que quieras si hay algo que te preocupe.

Ella sintió un pequeño arrebato de pánico. ¿Se refería a algo aparte de que fuese a casarse con él? Sin embargo, se limitó a asentir con la cabeza y a abrazar con más fuerza a Georgy.

–Muy bien –dijo Anatole en tono animado.

Entonces, levantó una mano y agarró la que le había tendido Georgy. Él era quien estaba uniéndolo a esa desconocida. Murmuró algo en griego y luego miró a la mujer.

–Todo saldrá bien. Confía en mí, por favor.

Le sonrió levemente y sonrió con más cariño a Georgy, quien estaba intentando agarrarle la corbata. Le hizo cosquillas debajo de la barbilla.

–Sé bueno, jovencito, y cuida a tu tía.

Georgy lo miró con los ojos muy abiertos y ella esbozó una sonrisa forzada.

–Hasta el fin de semana –se despidió Anatole antes de dirigirse hacia la puerta.

Ella se dejó caer en uno de los sofás. Se sentía aturdida.

Poco a poco, durante los dos días siguientes, empezó a sentirse menos aturdida y, poco a poco, empezó a acostumbrarse a lo que la rodeaba. Aunque le preocupaba que Georgy pudiera romper algo, agradecía el lujo, la comodidad y la calidez del piso después de las privaciones que había pasado. Al tercer día, cuando volvía del parque con Georgy montado en el cochecito último modelo que le habían llevado de una tienda, se dio cuenta de que no estaba sola. Efectivamente, Anatole salió del salón y Georgy dio un grito de alegría mientras extendía los brazos. Ella se estremeció al ver a ese hombre alto, elegante y guapo. Llevaba traje, pero se había quitado la chaqueta y se había desabotonado el cuello de la camisa y los puños. Era esbelto, fuerte y devastadoramente viril. La miró con una sonrisa y luego se agachó para soltar a Georgy y tomarlo en brazos. Lo saludó en griego y la saludó a ella en inglés.

–Hola –farfulló ella mientras plegaba el cochecito y lo guardaba en un armario.

Dejó que Anatole se quedara con Georgy, se quitó el chaquetón, lo colgó al lado del cochecito y los siguió al salón. Ya no estaba tan inmaculado como antes. Un sofá se hallaba tapado con una colcha, para proteger la tapicería, y había otra sobre la mullida moqueta, que estaba llena de juguetes. Anatole dejó a Georgy en el suelo y se irguió mirándolo con una convicción absoluta que había adquirido en Grecia. Su abuelo era un hombre distinto. Había reunido a sus médicos y había exigido el tratamiento más avanzado. Estaba decidido a vivir todo lo que pudiera y a que su bisnieto se reuniera con su familia... aunque él tuviera que volver a su disparatada estrategia. Timon pareció tardar un momento en asimilar lo que él le había comunicado y se quedó atónito, pero luego agitó una mano con impaciencia.

–Si esas malditas autoridades se quedan satisfechas

y acelera el proceso, compensa –comentó Timon antes de mirar a su nieto con cierta malicia–. Supongo que ella tendrá otros encantos aparte de ser la tía del niño...

Miró a la mujer que se había sentado en un sofá para jugar con Georgy. No, los encantos a los que se refería Timon brillaban por su ausencia. Seguía como cuando la vio por primera vez, con el pelo oscuro recogido con una pinza, sin maquillaje y llevando un jersey informe y unos vaqueros que se le deformaban en las rodillas. Sin embargo, al mirarla mientras jugaba con Georgy, se fijó en su rostro. Si no miraba el pelo y la ropa, podía ver que tenía un cutis bonito, que tenía unas cejas bien perfiladas y que sus ojos grises brillaban mientras se reía con Georgy. Además, el rostro tenía una forma oval, unos rasgos delicados y una boca que le captaba la atención... La miró un rato más. No podía aparecer en Grecia como su prometida con ese aspecto tan descuidado y tan mal vestida. Eso podía solucionarse, pero en ese momento tenía hambre. Primero se ducharía, se cambiaría de ropa y revisaría los correos electrónicos. Luego, iría a comer con Lyn y Georgy. Después de comer, los llevaría de compras. Juguetes para Georgy y ropa para Lyn. Todo el mundo se quedaría contento y él también.

Una hora después, estaban preparados para marcharse. Se había dado cuenta de que Lyn no estaba muy entusiasmada con el paseo, aunque había accedido. Se había cambiado de ropa, pero la falda marrón y la blusa de color crema no habían sido una gran mejora. Sin embargo, daba igual porque después de comer tendría un guardarropa nuevo. Su decisión se reafirmó. Empezaría a conocerla durante la comida. Georgy los unía y no podían seguir siendo unos desconocidos. Tenía que conquistarla poco a poco y conseguir que se relajara cuando estaba con él, que llegara a confiar en él. Sin embargo, no estaba nada relajada cuando entraron en el restaurante. Algunos comensales los miraron con el ceño fruncido mientras se sentaban, pero no dijeron nada. Ella se sentó con una incomodidad evidente porque su ropa vulgar desentonaba en un sitio tan caro, pero no podía hacer nada para evitarlo. Como no parecía el tipo de mujer con el que se relacionaría un hombre como Anatole Telonidis, tampoco tenía sentido ponerse en evidencia intentándolo sin conseguirlo. Él pidió la comida y la bebida. Lyn miró alrededor porque no estaba acostumbrada a un ambiente tan lujoso y dio un respingo cuando el camarero descorchó la botella de champán.

—Brindemos por el porvenir de Georgy —propuso él cuando el camarero se marchó.

Ella se dio cuenta de que quería animarla y dio un sorbo después de levantar la copa. Le pareció muy seco y ácido y dejó la copa en la mesa.

—¿No te gusta? —preguntó él con sorpresa porque era una cosecha excelente.

—Lo siento, pero el único vino espumoso que había bebido era muy dulce...

—No es vino espumoso —la corrigió Anatole—, es champán.

—Lo... siento —repitió ella sonrojándose.

—No tienes que disculparte por nada —replicó él inmediatamente.

Él empezó a explicarle lo que era el champán y ella se encontró escuchándolo con atención. Era un tema del que nunca había hablado. Dio unos sorbos más y notó que la tensión que la atenazaba iba disipándose poco a poco. Llegó el primer plato, paté de salmón con espuma de limón, y le pareció delicioso. Anatole pasó del champán al vino en general porque le parecía un tema de conversación poco comprometido.

–Incluso en el Reino Unido estáis empezando a producir un vino blanco bastante aceptable.

–Creo que fueron los romanos los primeros que plantaron viñedos –comentó ella para intentar seguir con la conversación–. Entonces, el clima era más cálido. El período romano acabó alrededor del año cuatrocientos después de Cristo.

–Sabes mucha historia para estar estudiando contabilidad.

–En realidad, quería estudiar historia –le explicó ella con timidez–, pero no es la mejor carrera para encontrar trabajo, sobre todo, cuando ya tengo veintitantos años. Me parece más fácil ganarme bien la vida con la contabilidad y así poder criar a Georgy con cierta...

No siguió al darse cuenta de que el porvenir de Georgy era muy distinto en ese momento.

–Bueno, Grecia tiene más historia que cualquier otro país de Europa y gran parte está en Atenas.

Él dirigió la conversación hacia la historia de Grecia y se dio cuenta de que el champán estaba relajándola y de que hablaba más.

–¿Qué te ha parecido el servicio de comidas del piso mientras estaba en Grecia?

–No lo he usado –contestó ella mirándolo–. Tiene que ser muy caro. Encontré una tienda de alimentación cerca y he cocinado yo.

–No tienes que coartarte con los servicios del piso –comentó él con ironía–. ¿Has llevado a Georgy a la piscina?

–Todavía no.

–Esta tarde le compraremos algunos juguetes para la piscina. Todo tipo de juguetes.

–¡Sí, por favor! –exclamó ella con el rostro resplandeciente–. Necesita algunos juguetes nuevos para la fase siguiente de su desarrollo –sonrió–. Está a punto de gatear y, cuando lo haga, ¡saldrá disparado como un cohete!

La conversación se desvió hacia Georgy, el interés que tenían en común y el motivo de su matrimonio. El niño, como si hubiese oído su nombre, decidió salir del sopor. Lyn lo sentó en sus rodillas y le dio un yogur mientras tomaban café para terminar la comida. Después, salieron y se montaron en el coche con chófer para ir de compras. Lyn tuvo que aceptar que fueran a uno de los grandes almacenes más caros y lujosos de Londres. Como el cochecito se lo habían mandado desde allí, no le extrañó que a Anatole le pareciera el sitio natural para ir de compras. La juguetería era impresionante, como el empeño de Anatole en comprar gran parte en la sección para niños pequeños, aunque muchos juguetes eran demasiado avanzados.

–¡Georgy no puede hacer un rompecabezas de cincuenta piezas! –exclamó ella–. Necesita juguetes para niños de entre nueve y doce meses, nada más.

–Es muy inteligente –replicó él con el ceño fruncido.

–Entre nueve y doce meses –repitió ella–. Mira, eso es perfecto.

Señaló hacia una granja de plástico que se desmontaba y se volvía a montar. Alrededor había una vía de ferrocarril con un tren y un vagón que transportaban gente y animales.

–¿Qué más? –preguntó Anatole mientras tomaba una caja.

Lyn empezó a dirigirlo. Le pareció raro al principio, pero pronto se dio cuenta de que sabía elegir mejor que él. Le cedió la iniciativa sin reparos y a ella empezó a parecerle que era más fácil estar en su compañía. Incluso, le parecía divertido. Además, Georgy se entusiasmó tanto con ese paraíso de los juguetes que se encontró mirando a Anatole a los ojos mientras disfrutaban con el júbilo del niño. Sin embargo, esa sensación de conexión terminó bruscamente cuando salieron de la juguetería.

–Lyn, ya que estamos aquí, me gustaría que pasáramos por la planta de moda femenina.

–¿Para qué? –preguntó ella parándose en seco.

Él notó que se había puesto tensa y que su expresión era de cautela. Eligió bien las palabras.

–Creo que hasta ahora has pasado apuros económicos y que, naturalmente, has tenido que ocuparte de Georgy mientras estudiabas. Puedo entender que hayan sido tus prioridades, pero las cosas son distintas ahora. Ropa nueva para una vida nueva...

–¡No necesito ropa nueva!

–Lyn, necesitas un guardarropa nuevo.

–¡No! ¡Está bien como está! De verdad...

Él captó la intensidad de su voz y se preguntó el motivo. ¿No quería ropa mejor?

–Por favor –siguió ella con la misma intensidad–, ¡no quiero que te gastes dinero en mí!

–Lyn, vas a ser mi esposa, ¡claro que voy a gastarme dinero en ti! Puedo gastarme mucho. No quiero parecer un derrochador y sé que has tenido que mirar mucho el dinero, y te respeto por ello, pero las cosas son distintas ahora. ¿No quieres tener un guardarropa nuevo? Creía que todas las mujeres querían ropa nueva –añadió él en un tono burlón para aliviar la tensión.

No dio resultado. Lo miraba fijamente y con expresión de espanto. ¿Creía él que tirar el dinero en ropa para ella iba a servirle de algo? ¡Claro que no! ¡Se sentiría más incómoda todavía!

–Me siento bien con lo que tengo –consiguió decir ella.

Él disimuló el enojo. Ella se sentiría bien con lo que tenía, pero él, no. Era absurdo que fuera vestida como iba vestida. Aun así, se contuvo. No la presionaría por el momento.

–De acuerdo –concedió él–. Si eso es lo que prefieres...

–Lo es, pero lo que sí necesito es más ropa para Georgy –añadió ella para cambiar de tema–, está creciendo muy deprisa. Aunque la ropa de bebé es muy cara aquí, puedo conseguirla más barata en otro sitio y...

–No te preocupes, Lyn –la interrumpió él.

Anatole se dirigió hacia la sección de ropa de bebés, que estaba al lado de la juguetería, y Lyn salió detrás de él empujando el cochecito. Le flaqueaban las piernas porque había escapado por muy poco. No habría podido soportar que una dependienta la mirara con compasión mientras se probaba ropa de marca para intentar disimular su aspecto vulgar. ¡Se habría muerto de vergüenza! Sin embargo, lo único que tenía que hacer en ese momento era no desmayarse cuando viera las etiquetas de la ropa para bebé que Anatole ya estaba eligiendo. Si iba a gastarse su dinero, que fuese con Georgy. No dijo nada cuando Anatole pagó ni cuando pidió que llevaran la ropa a su coche. Luego, se volvió hacia ella y le propuso que fueran al salón de té de los almacenes. Una vez allí, cuando ya habían pedido el té, se quedó observando a Anatole, que entretenía a Georgy con uno de los juguetes nuevos. Se sintió emocionada. Era atento y le gustaba estar con el niño. Además, Georgy también disfrutaba con él. Se recordó que, si estaba haciendo eso, era por el bien de Georgy. Sin embargo, al mirar a ese hombre que tenía a Georgy en las rodillas, sintió un cosquilleo por dentro. ¿Qué habría sentido si Georgy no hubiese existido y Anatole Telonidis, guapo, con ojos oscuros y expresivos, alto, fuerte y delgado fuera a casarse con ella por sí misma y no por un bebé huérfano? Desechó la idea inmediatamente. Si Georgy no hubiese existido, Anatole Telonidis ni la hubiese mirado. Eso era lo que tenía que recordar. Suspiró para sus adentros y siguió tomando el té.

Capítulo 6

A LO largo del fin de semana, fue acostumbrándose a vivir tan cerca de Anatole. Iba mucho al parque con Georgy mientras Anatole trabajaba. El piso tenía un despacho donde él se encerraba con el ordenador portátil y el teléfono móvil. El plan, según él, era ir a Atenas en cuanto Georgy tuviera el pasaporte y el permiso para salir del país.

–Con un poco de suerte, mis abogados conseguirán acelerar los trámites –le explicó él la primera noche durante la cena–. En cuanto a Timon, ya ha empezado el tratamiento nuevo y espero que dé resultados. Por el momento, estará ingresado en el hospital porque el tratamiento tiene efectos secundarios y él tiene más de ochenta años. Sin embargo, espero que dentro de unas semanas pueda volver a su casa. Cuando esté allí... –Anatole sonrió a Lyn– podremos casarnos.

Hizo una pausa, la miró y comprobó que tenía una expresión tensa otra vez.

–Lyn, estamos planeando nuestra boda... –añadió él con un desenfado intencionado.

–No es una boda de verdad.

Se arrepintió inmediatamente de haberlo dicho. No quería dar a entender que quería casarse de verdad con él. ¡Sería bochornoso que él lo creyera!

–Bueno, pero, en cualquier caso, será una ocasión

digna de celebrarse —se limitó a replicar él—. Garanti-
zará el porvenir de Georgy y eso es lo que queremos.
Sin embargo, como comprenderás, no será una boda
por todo lo alto. Sería... inadecuado cuando Marcos
murió tan recientemente.

—Claro.

Ella tampoco quería tener que aguantar un acto so-
cial, eso también sería bochornoso. Aun así, tendría
que vivir tan cerca de él como estaba viviendo en ese
momento, hasta que se divorciaran. Aunque cada vez
le parecía más fácil. Era evidente que él estaba haciendo un esfuerzo para que se sintiera más cómoda y
para llegar a conocerla. Le resultaba raro, pero hacía
todo lo posible por colaborar.

—¿Por qué no fuiste a la universidad cuando termi-
naste el colegio? —le preguntó él para dejar de hablar
de la boda.

—La verdad es que no pude —contestó ella—. Lindy
tenía catorce años y no podía abandonarla.

—¿Tan entregada estabas a ella? —preguntó él sin disimular la sorpresa.

—Necesitaba que alguien se ocupara de ella —Lyn
tragó saliva—. Mi madre... bueno, no lo hacía muy bien.
Acabó sin pareja, aunque se casó dos veces, porque sus
maridos la abandonaron. Entonces, empezó a pasar casi
todo el tiempo en el pub y, como yo no quería que
Lindy fuese una niña abandonada, me quedé en casa
para cocinar y todas esas cosas. Cuando Lindy terminó
el colegio, mi madre ya estaba enferma. Todos esos
años fumando y bebiendo acabaron minando su salud
y me quedé cuidándola hasta el final. Lindy entró a trabajar en un bar y luego, justo cuando nuestra madre
murió, se marchó a Londres con una amiga y empezó

a trabajar en un bar muy elegante. Allí es donde conoció a tu primo –Lyn tomó aliento–. Cuando se dio cuenta de que estaba embarazada, volvió a casa justo en el momento en el que, por fin, yo iba a entrar en la universidad como alumna adulta. Naturalmente, no pude abandonarla...

Anatole se quedó un rato en silencio y tuvo una sensación muy rara, se identificó con ella. Ella había aceptado responsabilidades que no había buscado y él también estaba aceptando unas responsabilidades que podría haber eludido. Estaba a punto de casarse con una mujer que no habría conocido jamás si no hubiese ido a buscar a ese bebé... Sin embargo, solo lo hacía por ese bebé, que ya le había conquistado el corazón. Ese bebé que era lo único que quedaba de su primo y la única esperanza que le quedaba a su abuelo enfermo. La miró. Se había sincerado con él y eso significaba que estaba relajándose, que empezaba a confiar en él. Estaba consiguiendo que, poco a poco, se sintiera más cómoda cuando estaba con él.

La segunda cena en Londres fue algo más fácil que la primera. Hablaron sobre todo de Georgy y notó que a ella se le iluminaban los ojos cuando hablaba de su sobrino y que su expresión animada hacía que fuese considerablemente más atractiva. Se preguntó cuánto mejoraría si se arreglara y se vistiera mejor. También se preguntó por qué era tan reacia a que la arreglaran. ¡Sabía muy bien que la mayoría de las mujeres estarían encantadas! El día anterior, en los grandes almacenes, no había querido presionarla, pero esa noche no hizo lo mismo.

–¿Qué tal esta tarde en la piscina? –le preguntó él durante la cena–. Esta mañana me dijiste que llevarías a Georgy a la piscina. ¿Lo ha pasado bien con los juguetes que compramos?

–Umm... El hombre del mostrador dijo...

Dijo que la piscina era solo para residentes y que las niñeras no podían entrar aunque acompañasen a los niños.

–¿Qué dijo el hombre del mostrador? –preguntó Anatole.

–Creo que pensó que era la niñera de Georgy.

Anatole dejó escapar un exabrupto y su expresión se ensombreció. Ella intentó suavizarlo.

–Es muy comprensible. Sé que no parezco una residente y...

–¡Y nada, Lyn! ¡Le dirías quién eres!

–No... –ella se sonrojó–. Estaba un poco... abochornada y no quería armar jaleo. Él solo estaba haciendo su trabajo.

–Lyn –él resopló con desesperación–, ¡tienes que darte cuenta de que esto no puede seguir así! ¡Mañana voy a llevarte a comprar ropa y se acabó!

Ella asintió levemente con la cabeza. Estaba claro que la paciencia de Anatole se había agotado y, al fin y al cabo, no todas las mujeres ricas eran guapas, pero llevaban ropa cara.

–Muy bien –él le sonrió–. ¡A la mayoría de las mujeres les encanta comprarse ropa!

Ella esbozó una sonrisa forzada y no dijo nada. Él, afortunadamente, dejó de hablar de eso y propuso que tomaran café en el salón. Ella dejó la bandeja en la mesita que había entre los dos sofás y se sentó en el sofá que había enfrente de Anatole. Él llevaba unos pantalones grises y un jersey de cachemir con las mangas subidas. Vio sus fuertes antebrazos morenos y tuvo que mirar hacia otro lado.

—¿Quieres oír algo de música? —le preguntó ella.

—Algo de Mozart, quizá.

Él estiró los brazos por el respaldo del sofá y cruzó las piernas. El jersey se le ciñó al torso y ella, al percibir su demoledora virilidad, fue hasta el aparato de música. Cuando la *Sinfonía Linz* empezó a sonar, volvió al sofá y se sentó encima de las piernas cruzadas. Se inclinó para servir el café. Ya sabía que Anatole lo quería solo y sin azúcar. Ella lo prefería con mucha leche. Le ofreció la taza y sus dedos se rozaron cuando la tomó. Estuvo a punto de derramarlo, pero consiguió sujetarlo y volvió rápidamente a su posición, aunque sabía que se había sonrojado. Lo miró disimuladamente. Era increíblemente guapo. Su magnetismo físico la estremecía. Un magnetismo que él parecía desconocer... o que, probablemente, le pareciera algo natural. Si alguien era tan guapo desde siempre, le parecería natural... No le extrañó que quisiera que ella tuviera mejor aspecto. ¿Tendría mejor aspecto con ropa elegante, peinada y esas cosas? Sabía que no mucho mejor y que nunca estaría a la altura de Anatole, pero sí algo mejor.

Tuvo que recordárselo cuando a la mañana siguiente, en los refinados grandes almacenes donde ya habían estado, Anatole la acompañó al salón de belleza.

—Primero el pelo y todos los tratamientos de belleza —le dijo él tajantemente—. Luego, la ropa y los accesorios. Mientras tanto... —sonrió tranquilizadoramente— yo volveré con Georgy al paraíso de los juguetes.

—Le encantará —comentó Lyn intentando parecer tranquila mientras aparecía la recepcionista.

–Cuando hayas terminado, iremos a comer –añadió él.

Entonces, sonriéndole otra vez, agarró el cochecito y se marchó con Georgy.

–Por aquí, señora.

Anatole estaba disfrutando casi tanto como Georgy, quien, en sus brazos, miraba boquiabierto el tren eléctrico que habían montado. Sin embargo, se cansó pronto y lo llevó a ver los juguetes que había cerca. Después de una breve conversación, monólogo, más bien, sobre el juguete que les gustaba más, Georgy acabó con un oso de peluche casi tan grande como él. Dieron otro paseo por la enorme juguetería y él miraba de vez en cuando el reloj, pero sabía que Lyn no habría terminado todavía. ¿Cómo estaría cuando terminara? Le costaba imaginársela. Alguna vez, cuando no estaba tensa o incómoda, había vislumbrado el aspecto que podría tener, pero quería saberlo con certeza. Volvió a mirar el reloj con impaciencia.

–¿Qué le parece este? –le preguntó con entusiasmo la estilista mientras le enseñaba un vestido fucsia–. Se volverán para mirarla.

Lyn lo miró con inseguridad y la estilista, que captó que era demasiado llamativo para su tímida clienta, le enseñó el mismo modelo en color coral.

–¿Y este?

–Umm... De acuerdo –concedió Lyn asintiendo con la cabeza.

No quería que nadie se volviera para mirarla, era

una idea que la aterraba, aunque, en realidad, toda la experiencia había sido aterradora. La habían sometido a un tratamiento de belleza durante dos horas y después, una vez peinada, maquillada y con la manicura hecha, tenía que elegir ropa. El precioso vestido se deslizó por encima de ella y la estilista se lo alisó y cerró antes de apartarse un poco para ver el resultado. Ella se quedó temerosa de mirarse al espejo. Habían dedicado mucho esfuerzo para mejorarla, pero no estaba segura de que lo hubiesen conseguido...

–Ahora, los zapatos.

La estilista fue a rebuscar entre las cajas de zapatos. Sacó un par y los levantó para ver si entonaban con la tela.

–Sí, estos son los indicados.

Ayudó a Lyn a que se los pusiera aunque su clienta los miraba con pánico. Tenían unos tacones muy altos y eran estrechos, pero, asombrosamente, también eran muy cómodos. Algo que, sin duda, era un indicio de lo caros que serían. Sin embargo, no dijo nada. Tampoco dijo nada cuando le llevaron un bolso de mano a juego y un collar con piedras de color cobre.

–¡Perfecto! –exclamó la estilista mientras se apartaba–. ¡Ya está lista!

En ese momento, otra empleada asomó la cabeza por la puerta.

–El señor Telonidis está en recepción.

–Justo a tiempo –comentó la estilista sonriendo a Lyn.

–Umm... Gracias por todo.

–Ha sido un placer.

La estilista lo dijo con amabilidad, pero ella sabía que quería animarla.

–Espero que le guste el resultado.

–La ropa y los accesorios son preciosos.

Entonces, se dio la vuelta dispuesta a encontrarse con el hombre que iba a ser su marido con la esperanza, solo la esperanza, de que el dinero que se había gastado no hubiese sido en balde. Al darse la vuelta, vio a una mujer y se quedó parada. ¿De dónde había salido? No había oído que se abriera la puerta... Seguramente, sería la estilista de la próxima clienta, pero llevaba un vestido muy parecido al que le habían puesto a ella. Quizá fuese el favorito de las estilistas. Desde luego, le quedaba muy bien a esa mujer y tenía una elegancia muy natural, desde el precioso corte de pelo hasta los zapatos de tacón alto y el bolso de mano. Se dio cuenta de que no podía quedarse mirándola. Evidentemente, esa mujer querría que dejara vacía la habitación. Dio un paso adelante y vio que la mujer también se acercaba a ella. Entonces, cayó en la cuenta. ¡Era ella misma! Se quedó petrificada y mirando fijamente a su reflejo, que también la miraba estupefacto. La estilista estaba esperándola con la puerta abierta y, aturdida, salió a la zona de recepción. Anatole estaba inclinado sobre el cochecito de Georgy, pero se irguió cuando ella salió. Entonces, él también se quedó petrificado y mirándola fijamente.

–Lyn...

Él no pudo disimular la incredulidad porque era imposible creerse lo que estaba viendo. La mujer desaliñada y mal vestida que había dejado allí hacía unas horas había desaparecido... ¡y nunca volvería! ¡Nunca volvería y esa versión nueva de Lyn podría quedarse todo el tiempo que quisiera! Una sensación ancestral y poderosa le brotó de lo más profundo de su ser. Entrecerró mínimamente los ojos y se deleitó con una figura que no había intuido bajo la ropa informe y con el pelo sedoso y recién peinado que le caía sobre los esbeltos hombros. Además, el discreto y acertado maquillaje dejaba ver, y resaltaba, los rasgos de su rostro. ¡Y sus ojos! Diáfanos, luminosos, con cejas levemente arqueadas y pestañas tupidas. La boca... la boca era delicada y tentadora como el capullo de una rosa. Murmuró algo en griego, se acercó a ella y le tomó la mano que no sujetaba un bolso de cuero como si fuese un salvavidas.

—Estás maravillosa...

La miró una y otra vez todavía con cierta incredulidad. Retrocedió un paso y volvió a mirarla sin soltarle la mano, intentando asimilar lo que le habían hecho. Era... ¡un cambio absoluto! Sin embargo, tenía que haber estado allí desde el principio... Eso era lo más asombroso de todo. Bajo aquella imagen en la que no se habría fijado jamás, estaba esa, esperando que la sacaran a la luz. Siguió mirándola sin darse cuenta, por el momento, de que ella volvía a tener la expresión tensa y cohibida que tenía al principio, cuando no estaba nada cómoda con él. Entonces, oyó que Georgy exigía atención. Lyn se soltó la mano y se inclinó apresuradamente hacia delante. ¡Bendito fuese Georgy! Gracias a él había podido escapar de esa mirada intensa como un láser que tenía clavada en ella como si... Se agachó al lado de Georgy y empezó a hacerle carantoñas. Anatole, detrás de ella, salió del trance y fue hasta el mostrador. Mientras entregaba la tarjeta de crédito, pensó que nunca había gastado mejor el dinero. Se dio la vuelta para mirar a Lyn y sintió otro arrebato de incredulidad... seguido por una reacción muy fuerte de masculinidad.

–Creo que es hora de ir a comer –comentó en un tono cálido por la satisfacción.

Almorzaron en el mismo restaurante que la otra vez porque pensó que, seguramente, ella preferiría un sitio conocido. Aunque parecía una mujer completamente distinta. Su satisfacción aumentó. Había hecho lo que tenía que hacer cuando se empeñó en que se arreglara. ¡Y pensar que esa mujer elegante y refinada había estado allí desde el principio! Todavía le costaba creerlo. Lo que no le costaba era tenerla sentada enfrente. Podía observarla con detenimiento y asimilar la increíble mejoría. El único inconveniente era que ella no parecía nada cómoda. Se preguntó el motivo y también se lo preguntó a ella, quien lo miró como si fuese una pregunta absurda. ¡Claro que se sentía incómoda y cohibida! Se lo sintió cuando estaba espantosa y se lo sentía cuando estaba exactamente al revés por el mismo motivo. Él conseguía que se sintiera analizada y cohibida todo el tiempo porque no podía dejar de darse cuenta de lo demoledor que era él, porque solo quería mirarlo una y otra vez, pero no podía hacerlo porque eso sería la cosa más bochornosa del mundo. Era la cruda realidad. Anatole Telonidis, el hombre, no el millonario ni el primo del padre de Georgy ni el hombre con el que iba a casarse, el hombre demoledor de forma natural, podía alterar sus sentidos como no lo había hecho ningún hombre. Por eso estaba allí temblorosa, incapaz de mirarlo a los ojos y percibiendo su presencia con todas las frecuencias de onda que podía tener una mujer. Sus intensos ojos oscuros la miraban como si esperaran una respuesta y tenía que decir algo, lo que fuera.

–Umm... Supongo que estoy adaptándome a estar vestida así.

También estaba adaptándose a que la hubiese mirado todo el mundo cuando había entrado allí. No le había pasado jamás y se sentía... ¡mirada!

–No estás acostumbrada a ser bella –replicó Anatole con una expresión amable–. No repliques. He dicho «bella» y es lo que quiero decir.

Su belleza no era llamativa o descarada, era sutil y elegante. Quería observarla, deleitarse con ella. Sin embargo, era evidente que a ella le incomodaba. Intentó dejar de mirarla, pero era casi imposible. Empezó a darle vueltas a la cabeza. Algo estaba cambiando, era algo sobre su forma de pensar en ella, pero no podía darle más vueltas en ese momento. Ya lo pensaría después. Quería que ella se sintiera cómoda y disfrutara de la comida con él. Le sonrió con amabilidad para animarla, como se había acostumbrado a hacer.

–¿Qué te gustaría comer hoy?

Empezaron a ojear la carta y los dos pudieron ordenarse un poco las ideas. A lo que se unió Georgy, quien también quería que le hicieran caso. Eso hizo que la conversación se desviara a lo que había hecho el niño esa mañana.

–Me parece que te las has apañado muy bien –comentó Lyn.

Ella también tenía que animarlo porque ocuparse uno solo del niño podía ser complicado, aunque Anatole no lo rehuía.

–Es un placer estar con él –replicó él con sinceridad.

Anatole sonrió y la miró. Se estremeció ligeramente. Podría parecer un dios griego y ser un magnate de una dinastía inconcebiblemente rica, pero lo que más destacaba en él era su cariño por el hijo de su primo y eso era algo que los unía.

–Un placer –repitió él–, pero toda una experiencia.

–Desde luego...

Lyn miró a Georgy, quien dormía apaciblemente en el cochecito después de una mañana apasionante. Anatole cerró la carta con tapas de cuero.

–Después de comer, seguiremos con tu guardarropa nuevo. Hay que comprar muchas cosas.

Ella se quedó atónita. Él le tomó la mano. Las uñas brillaban con delicadeza y la piel era suave y cálida.

–No te asustes. No va a pasar nada. Confía en mí.

Lo miró fijamente. Ya estaba confiando demasiado en él. Confiaba en que él le dejaría quedarse a Georgy. Confiaba en que se ocupara de todos los trámites. Confiaba en que él sabía cuál era la mejor manera de que nunca le arrebataran a Georgy.

–Confiaré.

Se miraron a los ojos un instante, hasta que Anatole asintió con la cabeza y le soltó la mano.

–Muy bien. Eso es exactamente lo que quiero oír.

Capítulo 7

HACE un día precioso y, como todavía no podemos irnos a Grecia, vamos a dar un paseo por el campo.

Estaba de muy buen humor desde que Lyn salió del salón de belleza. En ese momento, cuando le sonreía mientras desayunaban, todavía le costaba creerse la transformación. Llevaba una de las prendas que habían comprado la tarde anterior después de comer y resaltaba su imagen nueva. La miró con ternura y se preguntó cómo era posible que hubiese pasado tanto tiempo con ese aspecto desastrado cuando podría haber tenido el aspecto de esa mañana. Llevaba el pelo recogido en una coleta, pero el favorecedor tinte marcaba la diferencia. Lo mismo pasaba con el sutil maquillaje. En cuanto al jersey de color caramelo que llevaba, estaba a años luz de esas cosas informes en las que se ocultaba. Desvió la mirada hacia sus pechos, que le habían pasado desapercibidos hasta entonces. Los pechos no eran muy grandes, pero sí estaban muy bien formados. ¿Cómo sería desnuda? ¿Qué sentiría al acariciar sus pechos? Tomó la taza de café. No estaba bien pensar esas cosas y no las había pensado hasta ese momento, pero desde su transformación...

—¿Qué te parece si salimos de Londres con Georgy? —le preguntó él.

Lyn se entretuvo sacando a Georgy de la trona. Estaba sonrojándose por la forma de mirarla de Anatole. Le alteraba tener sus ojos oscuros clavados en ella como si la viera como a una mujer por primera vez, le bullía la sangre... Intentó concentrarse en lo que le había preguntado y no en su mirada, que hacía que se sintiera viva de una manera que nunca se había sentido y que sus pechos se endurecieran.

–¡Sería fantástico! –exclamó con desenfado–. ¿Adónde quieres ir?

–Estaría bien ir hacia el sur.

Efectivamente, se dirigieron hacia Weald. Ella iba sentada en el asiento del acompañante y quería deleitarse mirándolo, pero decidió contarle lo que sabía de esa parte del país.

–Weald viene de la palabra sajona que quería decir «bosque», como la alemana *Wald*. Ahora es una zona completamente rural, pero fue la zona industrial de Inglaterra durante siglos.

–¿Qué pasó?

Anatole la miró y quiso seguir mirándola porque le gustó su perfil, pero tenía que conducir.

–La madera se utilizó para hacer carbón vegetal, que se usaba para fundir hierro. Además, también se cortaron muchos árboles para hacer barcos.

Ella siguió contándole los acontecimientos históricos más notables que ocurrieron en esa zona.

–¿La batalla de Hastings también? –preguntó él.

–Sí –contestó ella con un suspiro–. Fue el final de la Inglaterra anglosajona. El yugo normando fue terrible y se impuso a un pueblo conquistado.

–Ya... los griegos sabemos lo que es sentirse con-

quistados. Pasamos casi cuatrocientos años goberna-
dos por el imperio otomano.

La conversación derivó hacia la historia griega
mientras el potente coche devoraba los kilómetros.
Georgy, en el asiento de atrás, miraba por la ventani-
lla, pero se alegró cuando pararon para comer en un
pub de aspecto agradable. Hacía buen tiempo y deci-
dieron comer en el jardín, donde, además, había una
zona de juegos para niños.

—¡No le dejes que se coma toda la tierra! —le advirtió Lyn cuando lo llevó al cajón de arena.

—¡Georgy, los chicos sensatos no se comen la tierra!

Ella se acordó de la primera vez, cuando se cono-
cieron, cuando él también le dijo que no se comiera
su reloj. Su vida había cambiado radicalmente desde
entonces. Entonces no tenía ni idea de lo que llegaría
a hacer. Miró a Anatole, quien estaba agachado junto
al cajón de arena con el hijo de su primo. Se sintió
emocionada y no solo por verlo jugar con Georgy. Se
sentía cómoda con él, ya no la asustaba ni la incomodaba. Al menos, de la misma manera. Se había sentido
incómoda con su transformación, pero estaba acostumbrándose a su nuevo aspecto y le gustaba. ¡Le gustaba saber que tenía buen aspecto! Se había visto en
el espejo del cuarto de baño y había sentido un ligero
estremecimiento de placer. Los vaqueros de marca se
ceñían a sus caderas y sus muslos, los botines, suaves
y cómodos, le alargaban las piernas y el jersey de color caramelo le favorecía. Un joven camarero les había
tomado nota del pedido y su mirada le indicó que le
gustaba. Anatole la miró y le gustó ver el efecto que
tenía entre los hombres. Si ella se acostumbraba, también se acostumbraría al efecto que tenía en él...

La comida transcurrió agradablemente y luego fueron a los South Downs. Dieron un paseo con Georgy subido a los hombros de Anatole y se detuvieron para mirar el mar.

–¿Conoces esta parte de Inglaterra? –le preguntó Anatole.

–Me trae recuerdos especiales –reconoció ella.

Él captó su mirada soñadora, una mirada que la remontaba en el tiempo.

–Una vez vinimos aquí de vacaciones. Fueron las únicas vacaciones felices que recuerdo. Estábamos en una caravana junto a la playa y Lindy y yo íbamos por nuestra cuenta todos los días. ¡Era maravilloso! ¡Éramos felices y hacíamos lo que queríamos! Había unas casas preciosas con jardines que daban a la playa y Lindy y yo elegíamos en cuál viviríamos cuando fuésemos mayores, tuviésemos montones de dinero y no tuviésemos preocupaciones.

–Parece como si tuvieseis necesidad de escapar de algo –comentó él para que le contara más cosas.

Le gustaba que empezara a hablar de su vida, de ella y de la madre de Georgy. Era una señal de que empezaba a confiar en él. Los cambios que estaba imponiéndole en su vida eran fundamentales y no quería que ella se sintiera aterrada, quería que aceptara llevar a Georgy a Grecia. Por eso, cuanto más se sincerara con él, mayor sería la confianza.

–Sí –ella suspiró–. Supongo que era escapismo. Algunas veces, después de aquellas vacaciones y, cuando las cosas eran especialmente lúgubres en casa, me imaginaba que Lindy y yo nos escapábamos para vivir en una de esas casas de la playa, lejos de la tensión de vivir con mi madre y todo lo que eso suponía...

–¿Tan mal lo pasasteis? –preguntó él en tono compasivo.

–Bueno, sé que hay muchos niños que lo han pasado mucho peor, pero fue... difícil para Lindy y para mí. Pensándolo ahora, creo que mi madre tenía una depresión, pero no sé si era por algo psicológico o porque no podía conseguir que sus relaciones duraran. Tomaba antidepresivos y se iba al pub para ahogar las penas. Por eso acabé criando a Lindy. Aunque disfrutaba al hacerlo. Lindy era muy dulce y cariñosa. Además, tenía un sentido del humor contagioso que siempre me hacía reír.

Anatole vio que sonreía.

–¿Qué pasa? –le preguntó.

Notó que cuando sonreía se le iluminaban los ojos y mostraba unos dientes como perlas. ¿Cómo había podido llegar a considerarla anodina? Si su hermana tenía la mitad de atractivo, Marcos tuvo que enloquecer.

–Nuestra caravana estaba en un sitio que se llamaba los Witterings –contestó ella–. Son dos pueblos, East Wittering y West Wittering, y a Lindy le parecía que eran unos nombres muy graciosos. Se reía solo con decirlos en voz alta... y yo también me reía.

Su expresión se había suavizado más todavía, pero él captó una sombra de la tristeza que la perseguía por saber que su hermana había muerto tan joven y no había podido conocer siquiera al niño que ellos estaban cuidando.

–Podemos ir a visitarlos alguna vez. Si quieres.

Lyn lo miró a los ojos.

–¿De verdad? ¡Sería maravilloso! Me encantaría que Georgy conociera el sitio donde su madre fue tan feliz de niña.

Sintió una punzada de emoción y algo se conmovió dentro de él al verla con el rostro iluminado. También anhelaba que Georgy conociera la playa donde Marcos y él habían jugado de niños.

–Iremos –aseguró él con firmeza–. Está un poco lejos para ir hoy, pero encontraremos la ocasión.

Él empezó a andar otra vez y ella lo acompañó. Sabía que no podía estar eternamente triste por Lindy y sabía que su hermana habría querido que ella hiciese todo lo posible para cerciorarse de que su hijo tuviese el mejor porvenir que pudiera. Miró al hombre que tenía al lado. Sería un desconocido, pero cada día lo era menos y él, como ella, solo quería que Georgy estuviera a salvo con ellos. Si eso significaba que tenía que llevar a cabo el increíble plan de casarse con él, lo haría. Solo tenía que pensar que casarse con Anatole era la manera de tener a Georgy a salvo con ella. Aunque se lo repitió como una letanía, lo miró y tuvo que contener el aliento. El viento le revolvía el pelo, las pestañas abanicaban esos ojos oscuros, sus piernas largas y fuertes lo movían sin esfuerzo con Georgy subido en sus grandes hombros. ¡Era increíblemente guapo! Además, se dio cuenta de que en ese momento, como el día anterior, parecía el tipo de mujer que acompañaría a un hombre como él. No tenía la belleza rubia de Lindy, pero mentiría si no se reconocía que con ese peinado, ese maquillaje y esa ropa, merecía la aprobación de él. Esa transformación solo era una de las cosas buenas que estaba haciendo por ella. Sintió un arrebato de gozo y se acordó de una poesía de Rudyard Kipling.

–«Weald está bien, Downs es mejor, te llevaré allí, del este al oeste» –recitó ella.

Anatole la miró con los ojos entrecerrados. Tenía las mejillas sonrosadas por el viento que llegaba del Canal de la Mancha y los ojos eran tan cristalinos como el aire que respiraban. Parecía más viva y vital que nunca... y estaba preciosa. Una idea se le cruzó por la cabeza, una idea que le brotó cuando la vio salir del salón de belleza. Una idea que no podía, ni quería, quitarse de la cabeza. Quería deleitarse con ella. ¿Por qué no iba a hacer lo que, de repente, se había dado cuenta que quería hacer con todas sus ganas?

–¿Qué quieres pedir de cena? –preguntó Anatole mientras entraba en la cocina.

–Sinceramente, me gustaría algo ligero –contestó Lyn mientras calentaba leche para Georgy–. Ese té con bollos que hemos tomado me ha llenado.

Habían encontrado un salón de té como de otros tiempos en un pueblecito de Sussex antes de volver a Londres. Él todavía recordaba cómo se había limpiado ella un poco de mermelada con la punta de la lengua.

–Si quieres –siguió ella–, puedo preparar una tortilla o un poco de pasta para los dos.

–La pasta estaría bien –comentó él con una sonrisa–, pero no quiero que te molestes.

–No es ninguna molestia.

–A cambio, yo acostaré a Georgy –se ofreció él.

–Te lo agradezco.

Ella también sonrió y él se marchó con el biberón. Era muy contradictorio. Por un lado, se sentía mucho más relajada en su compañía, pero, por otro, se sentía todo menos relajada desde la transformación. Le parecía como si tuviera una descarga eléctrica cada vez que lo veía o se acercaba a ella. Sacudió un poco la cabeza y abrió la nevera. Encontró unas bolsas de pasta fresca, nata, huevos, mantequilla y salmón ahumado. Ya había batido los huevos y la nata y estaba cortando el salmón cuando Anatole volvió a entrar en la cocina.

–Ya se ha dormido. Evidentemente, lo hemos agotado –se acercó a Lyn–. Tiene buen aspecto. Creo que deberíamos regarlo como es debido.

Anatole fue hasta el mueble donde guardaba el vino. Estaba de muy buen humor. Lo habían pasado muy bien y Georgy se había divertido. Además, se había quedado profundamente dormido y tenían toda la noche para los dos.

–¿Te parece bien que cenemos aquí? –preguntó él.

–Claro, muy bien.

La encimera abierta por los dos lados era muy amplia y podían cenar perfectamente allí. Oyó que descorchaba el vino mientras hervía el agua. La noche era oscura, pero la cocina era cálida y acogedora. La felicidad se adueñó de ella. No se había dado cuenta de lo sola que estaba desde que murió Lindy, pero ya no estaba sola. Tenía a Anatole. Entonces, sintió una punzada de inquietud. ¿Hasta cuándo estarían juntos? El año siguiente, por esas fechas, todo podría haber acabado. El abuelo de Anatole podría haber muerto, la adopción de Georgy podría haberse consumado y ellos podrían haberse divorciado. La idea le dio un escalofrío.

–¿Por qué estás triste? –le preguntó él–. ¿Estás pensando en tu hermana?

–Sí –mintió ella.

Metió los espaguetis en el agua hirviendo. No quería mirar a Anatole, no quería deleitarse mirándolo. Tenía que recordar que no era suyo ni lo sería nunca.

–Entonces, brindemos por ella y por mi primo.

Él se sentó en uno de los taburetes y levantó una de las copas mientras le entregaba la otra. Ella se sentó enfrente y brindaron en silencio.

–Marcos no era tan malo –comentó Anatole–. Sé que trató mal a tu hermana, pero... he encontrado una explicación. No vas a perdonarlo, pero quizá no seas tan dura con él. Creo que no hizo caso de las cartas de tu hermana porque creía que Timon se empeñaría en que se casara con ella cuando se enterara de que estaba esperando su bisnieto. Marcos solo tenía veinticinco años, y, además, era muy inmaduro para esa edad. Quería divertirse y no tener responsabilidades. Timon lo animaba en ese sentido. Pasó diez años intentando compensar a Marcos por haber perdido a sus padres cuando tenía dieciséis años. Una edad muy mala para perderlos.

Miró a los ojos a Lyn.

–Creo que se asustó cuando se enteró de que tu hermana estaba embarazada. No lo afrontó con la esperanza de que pasara todo, pero también creo que, si hubiese vivido, habría acabado afrontándolo. Estoy seguro de que habría acudido a mí y yo lo habría ayudado. Lo habría convencido para que se pusiera en contacto con Lindy. Creo que, si tu hermana no se hubiese muerto, él le habría pedido que se casara con él. Habría formado una familia con ella y Georgy, como soñaba ella –Anatole hizo una pausa–. En el fondo, era un muchacho íntegro.

–Todo es muy triste –comentó ella con cierta compasión–. Muy triste.

Él le tomó una mano y se la apretó un poco.

–Sí. Es triste y trágico, un atroz desperdicio de unas vidas jóvenes.

Notó que se le saltaban las lágrimas y que Anatole se las secaba con el pulgar.

–Espero que ahora estén juntos y felices donde quiera que estén. Espero que estén mirándonos y que sepan que su hijo está a salvo y con el porvenir asegurado –siguió él.

Ella asintió con la cabeza y parpadeó para contener las lágrimas. Él le dio unas palmadas en la mano y se levantó para colar la pasta. Ella también se levantó, removió la salsa y la mezcló con la pasta en unos cuencos, que dejó en la encimera. Ya no lloraba. Lindy estaba en paz, como el hombre del que se había enamorado, el hombre que, si hubiesen vivido, quizá hubiese vuelto para seguir amándola. Sin embargo, ¿quién sabía lo que podía depararnos la vida y el destino? Se sentó otra vez enfrente de Anatole y se deleitó mirándolo, como hacía siempre. Notó que se le rebosaba el corazón. No de esperanza, porque eso era imposible, sino de un anhelo que no podía contener. Anatole se levantó y rompió el silencio.

–Te has olvidado del queso –comentó mientras lo sacaba de la nevera.

Era una comida muy sencilla, pero era la más agradable que había compartido con él. Aunque había dicho que no tenía hambre, se comió una buena ración de pasta y tampoco puso reparos al helado que él sacó del congelador.

–Vamos al salón.

Anatole se llevó el helado y ella se ocupó de la bandeja del café. Nunca había estado tan relajada con él. El vino había ayudado y la sangre le bullía placenteramente. Dejó la bandeja del café y se sentó en el sofá, al lado de Anatole, como él le había indicado. Se dio cuenta de que compartir el recipiente de helado con Anatole era más personal y cercano de lo que se había imaginado y que era muy divertido.

–¡Ese trozo de galleta es mío! –exclamó él con burlona seriedad–. ¡Tú te has comido el último!

Ella se rio y se concentró en el chocolate.

–El colmo sería echarle un poco de licor –comentó él.

–O sirope de caramelo –añadió ella–. Lindy y yo se lo echábamos cuando éramos pequeñas.

Cuando terminaron el helado, apartaron el recipiente y ella sirvió el café. Le entregó la taza a Anatole y se sentó encima de las piernas, como hacía siempre. Entonces, se dio cuenta de que él tenía el brazo en el respaldo del sofá. Notaba la calidez de su manga en la nuca. Debería apartarse, pero no lo hizo.

–¿Qué ponen en la televisión? –preguntó él.

Ella la encendió con el mando a distancia. Estaban poniendo una de sus series favoritas, una de detectives de los años cincuenta. Notó que el brazo bajaba a sus hombros. Parecía como si él no se hubiese dado cuenta, pero ella no podría cambiar de posición por nada del mundo. Estaba muy a gusto. Le gustaba sentirse casi acurrucada en el sofá. Empezó otro programa, uno sobre la Antigüedad clásica. Lo vieron con interés y él le traducía las inscripciones en griego de los monumentos.

–¿Crees que podrás aprender griego? –le preguntó él.

–Lo intentaré, aunque el alfabeto será una complicación.

–Estoy seguro de que lo aprenderás. Te organizaré

unas clases en cuanto lleguemos. Por cierto, podría ser antes de lo que creíamos. Según los abogados, no hay inconveniente para que Georgy salga del país y pueden darle el pasaporte. Nos iremos en cuanto lo tengamos.

Por un momento, la expresión de ella se alteró. Él captó sus dudas y su inquietud. Supo que ella estaba recordando los miedos que tenía de llevar a Georgy a visitar a su familia.

—Todo saldrá bien. Te lo prometo. Confía en mí.

Ella lo miró a los ojos. Tenía razón. Tenía que confiar en él. Había hecho todo lo que le había prometido y ella tenía que cumplir su parte. Tenía que llevar a Georgy a Grecia y confiar en el hombre que se había comprometido a ocuparse de él.

—Confío en ti —susurró ella.

—Perfecto.

Él sonrió y se acercó un poco más. Ella se recostó en él y él le rodeó el hombro con la mano como si fuese lo más natural del mundo. Se sintió como si estuviese algo aturdida por el vino, la comida y el calor de la habitación. Apoyó la cabeza en su hombro y parpadeó.

—Estás quedándote dormida —comentó él mientras apagaba la televisión.

—Sí... será mejor que prepare el biberón de medianoche. Va a reclamarlo enseguida.

—Yo lo haré. Vete a la cama. Lo llevaré cuando esté caliente.

Cinco minutos después, cuando Anatole entró, ya estaba en la cama con el camisón puesto.

—Ya está despertándose —comentó ella al notar que Georgy se agitaba en la cuna y mientras se sentaba en el borde de la cama.

–¿Puedo dárselo yo? –preguntó él mirándola.

–Claro... –contestó ella algo perpleja.

Se sentó en la cama mientras ella sacaba a Georgy de la cuna. Se lo entregó y él empezó a darle el biberón. Sintió que debería levantarse, pero estaba entre la cuna y Anatole y se quedó sentada, hombro con hombro con Anatole. A la tenue luz, la proximidad física era muy íntima. Georgy succionó con avidez y, una vez lleno, dejó que Lyn volviera a acostarlo. Cuando se incorporó, la cercanía de Anatole le pareció abrasadora. Giró la cabeza para decir cualquier cosa, pero las palabras no salieron de sus labios. Estaba mirándola con los ojos clavados en ella y, a pesar de la penumbra, su expresión era inconfundible. Se le paró el corazón, se paró todo el universo menos una cosa. La cabeza de él se inclinaba lentamente hacia la de ella, sus labios rozaron lentamente los de ella y una oleada de sensaciones se adueñó lentamente de ella.

–Mi preciosa Lyn... –susurró él antes de profundizar el beso.

La agarró de los hombros, cubiertos solo por la fina tela del camisón. Sus manos eran fuertes y cálidas, su boca abrió diestramente la de ella y las sensaciones explotaron. Una incredulidad maravillada la invadió por dentro. ¿Estaba pasando eso de verdad? ¿Anatole estaba besándola? ¿Cómo era posible? Sin embargo, ¡lo era! Su boca estaba devorándola mientras murmuraba algo en griego que sonaba dulce y seductor. Ardía por dentro, tenía todos los sentidos enardecidos... Entonces, él se levantó, la tomó en brazos y salió de la habitación sin dejar de besarla. No podía hacer ni decir nada, solo podía dejarse llevar al dormitorio de él. La tumbó en la cama. Quería hablar, decir algo, pero era imposible. Él se tumbó a su lado y le tomó la cara entre las manos.

—Mi preciosa Lyn... —repitió él antes de besarla otra vez.

Impotente y deseosa, se entregó a él, permitió que le quitara el camisón y que sus ojos, profundos y oscuros, se deleitaran con su cuerpo; permitió que sus manos le acariciaran los pechos, le recorrieran los costados, la agarraran de la cintura y la levantaran un poco sin ningún esfuerzo mientras sus labios aumentaban la pasión y la intensidad. Estaba extasiada. No podía pensar ni entender, solo podía dejarse llevar por las sensaciones de su cuerpo anhelante, que anhelaba y había encontrado lo que nunca había soñado que fuese posible. ¡Nunca le había parecido posible que ese hombre la abrazara y acariciara! Sin embargo, estaba arrastrándola a donde nunca se había imaginado. ¿Cómo iba a haberse podido imaginar lo que sentiría si Anatole le hiciese el amor así? Le despertaba tales sensaciones con sus caricias y sus besos sensuales e íntimos que su cuerpo era como una llamarada viviente. Una llamarada que terminó de abrasarla cuando él se desvistió y le separó las piernas con los poderosos muslos. Le tomó las manos y se las llevó a los lados de la cabeza mientras su cuerpo, desnudo y magnífico, se arqueaba sobre ella besándola con voracidad. Levantó levemente la cabeza y pudo ver sus ojos velados por el deseo y la avidez. Arqueó las caderas por la necesidad de sentir la ardiente fuerza de su cuerpo. Por un instante interminable, él se apartó, hasta que con una acometida triunfal la llenó y fundió su cuerpo con el de ella. Dejó escapar un sonido indescriptible cuando la oleada de sensaciones explotó en ella. Oyó la voz de él, ronca y profunda, y clavó los dedos en su espalda escultural. Todos los músculos se tensaron y arqueó las caderas contra él. ¡Nunca había sentido nada así! La abrasadora llamarada alcanzaba hasta la célula más remota de su cuerpo. Volvió a gritar, pero el grito se convirtió en un sollozo por lo maravilloso, lo hermoso que era... Él entraba y ella lo recibía cada vez más profundamente, cada vez más intensamente, como una oleada que la desbordaba y derretía. Lo estrechó contra sí, con fuerza y posesivamente, hasta que alcanzó el deslumbrante límite y la oleada empezó a retirarse y a liberarla de ese prodigioso tormento.

Se quedaron tumbados, inertes, saciados, con los brazos y las piernas entrelazados. La abrazó y susurró algo que no pudo entender. Sin embargo, sus manos eran cálidas y la agarraban de la nuca. Maravillada, como si el vino más dulce la hubiera embriagado, acabó dejándose dominar por el sueño y se durmió entre sus brazos.

Capítulo 8

EL LLANTO lejano y angustiado de un niño la despertó. Se levantó, encontró el camisón, fue tambaleándose hasta su dormitorio y abrazó con fuerza a Georgy. ¡Nunca dejaba que llorara! Le acarició la espalda con remordimiento hasta que, muy despacio, volvió a dejarlo en la cuna. Se dio la vuelta al oír un ruido en la puerta. Vio a Anatole con una toalla alrededor de las caderas.

–¿Le pasa algo? –preguntó él.

Ella negó con la cabeza mientras los recuerdos la abrumaban. ¿Había pasado de verdad? ¿Anatole la había llevado en brazos a su cama? Entonces, él se acercó y la abrazó.

–Vuelve a la cama.

Su voz fue más ronca que antes y el mensaje muy claro. La besó con delicadeza primero y con menos delicadeza después. La agarró de la mano para llevársela... Esa vez no se durmieron y la luz del día empezó a filtrarse entre las cortinas. Estaba entre los brazos de Anatole, somnolienta y satisfecha. Todavía deslumbrada por la incredulidad.

–Georgy va a despertarse y tendrá hambre.

–El día nos espera –comentó él antes de besarla con delicadeza–. Mi preciosa Lyn...

Entonces, se destapó y se levantó. Su desnudez era

impresionante y despertaba todos sus sentidos. Se rascó la cabeza y desapareció en el cuarto de baño. Ella volvió a su dormitorio para ducharse antes de que se despertara Georgy. En la ducha, el cuerpo le pareció más... pleno. Seguía aturdida, pero había pasado. Su cuerpo lo notaba, notaba el resplandor cálido y profundo. Tenía los pechos erguidos y podía ver, con asombro, las leves señales de sus caricias. Mientras el agua caliente caía por su cuerpo, podía notar la pasión abrasadora que la había consumido. Se vistió apresuradamente con unas mallas y un jersey azul oscuro, amplio y cómodo. Se secó y cepilló el pelo sin recogérselo detrás, se vio en uno de los espejos y su reflejo la dejó parada. Sus ojos brillaban y el jersey se ceñía a los pechos. Notó un arrebato de deseo, pero Georgy había conseguido sentarse y alargaba los brazos hacia ella. Lo tomó en brazos con una sonrisa y fue a la cocina. Anatole ya estaba allí, con un albornoz y el pelo mojado todavía. Estaba preparando leche con cereales y yogur para Georgy. Ella sintió una timidez repentina, pero él se acercó y la besó en la mejilla.

–Tu té ya está haciéndose –dijo él sonriendo y sentándose en un taburete–. ¿Qué tal está hoy nuestro niño prodigio?

Georgy balbució y señaló el yogur. Lyn se sentó con él en el regazo, se sirvió leche en la taza de té y dio un sorbo antes de agarrar el yogur. La timidez había desaparecido.

–¿Qué vamos a hacer hoy? –preguntó Anatole.

Él sabía lo que quería hacer, lo supo desde que ella salió del salón de belleza hasta que la noche anterior le pareció evidente que era lo único que podía hacer. Siguió sus instintos hasta que llegó a la conclusión natural. No iba a analizarlo ni cuestionarlo. Era muy sencillo. Era deseo. Un deseo abrumador. No lo había esperado ni había pensado que pudiera pasar. Sin embargo, había pasado y se alegraba inmensamente. Tenía todo el sentido del mundo. La miró mientras daba el yogur a Georgy. Tenía unos rasgos delicados y sonreía con cariño. Una sensación de bienestar se adueñó de él.

–¿Qué te parece que esta mañana vayamos a la piscina con Georgy?

Resultó una idea excelente. No solo porque disfrutó viendo a Georgy pasárselo muy bien con los juguetes hinchables que le había comprado, sino porque también le permitió ver a Lyn con uno de los trajes de baño que se había empeñado en que se comprara. Era de una pieza, pero bastó para despertarle el deseo otra vez. Un deseo que no quiso contener más cuando Georgy se quedó dormido después del almuerzo.

–Tenemos que aprovechar el horario que nos deja Georgy.

Ella se sintió algo asombrada por ese arrebato amoroso diurno, pero lo acompañó encantada. ¡Todo lo que quería Anatole era maravilloso! ¡No podía pensar nada más! Solo podía dejarse llevar por lo que estaba pasando. Estaba deslumbrada por la felicidad y no iba a pensar en nada que no fuese cada día y cada noche.

Anatole salió del despacho y se encontró a Lyn en el suelo con Georgy gateando.

–Acaban de llamarme los abogados. Un mensajero nos traerá su pasaporte esta mañana y mañana volaremos a Atenas.

Ella lo miró con una expresión indecisa y él se agachó a su lado.

–Ya sé que estás nerviosa –siguió él tomándole una mano–, pero una vez allí te parecerá menos preocupante, te lo prometo.

La miró a los ojos, pero luego se fijó en Georgy, quien gateaba afanosamente hacia el oso de peluche que ella le había alejado para que intentara alcanzarlo. Una serie de pensamientos le cruzaron por la cabeza. Unos pensamientos que no quería expresar con palabras y que siempre desterraba con lo que le decía para tranquilizarla.

–Confía en mí –se inclinó y la besó con delicadeza–. Es lo que tenemos que hacer, es lo mejor para Georgy. Tienes que agarrarte a eso.

Sin embargo, la inquietud seguía reflejada en su rostro. La besó otra vez, más profundamente, y notó que ella reaccionaba. Cuando la miró, las dudas habían desaparecido de sus ojos y habían dejado paso al brillo que siempre tenían cuando la besaba, cuando hacía el amor con ella.

–Eso está mejor –él sonrió con cariño mientras se levantaba–. No te preocupes por el equipaje. La doncella lo hará. Nosotros disfrutaremos del último día aquí y mañana, ¡nos marcharemos! –se dirigió hacia el despacho–. Voy a llamar a Timon para decirle que llegaremos mañana y también llamaré a los médicos. Dicen que el tratamiento está empezando a dar resultado.

Ella lo observó y, cuando entró en el despacho, volvió a sentir inquietud. Abandonar el Reino Unido para ir a un país extranjero y ponerse en manos de un hombre que era un desconocido hasta hacía muy poco tiempo era un paso muy grande y aterrador. Sin embargo, ¡Anatole ya no era un desconocido! Era el hombre al que se había entregado con todo su ser. Él la había arrastrado con una oleada de placer mágica y maravillosa y había forjado una intimidad entre ellos que hacía que sus miedos y sus dudas no tuvieran sentido. Gracias a él, todo sería para mejor. Todo saldría bien. No tenía que temer nada, solo tenía que hacer lo que él le decía todo el tiempo, tenía que confiar en él. ¿Cómo no iba a confiar en él cuando había transformado su vida? ¡Entre sus brazos había encontrado una felicidad deslumbrante! Ya no se sentía incómoda ni tímida con él. ¡Todo era maravillosamente distinto entre ellos! Era tan increíble lo que había pasado que no podía explicárselo, que solo podía dejarse llevar. No dudaría.

El vuelo a Atenas transcurrió sin incidentes y una vez en el aeropuerto, salvaron rápidamente los trámites y se montaron en el coche con chófer que estaba esperándolos. Ella no tuvo ni tiempo de darse cuenta de dónde estaba antes de que el coche saliera del aeropuerto y se dirigiera hacia la costa.

–Deberíamos tardar menos de una hora, pero depende del tráfico –le explicó Anatole–. Esta tarde tendremos tiempo de instalarnos en la casa de la playa. Estaremos solos y creo que así podremos acostumbrarnos a todo. Timon sigue en el hospital por el momento y podremos estar juntos. Aunque también voy a tener que trabajar mucho. Tanto en mis asuntos como en los de Timon –su expresión se tensó–. Mi prioridad es que Timon me ceda el control de Petranakos Corporation. En este momento, estoy limitado y sé que hay que hacer muchas cosas. Muchos empleados están muy nerviosos porque saben que Timon está enfermo y que Marcos ha muerto... y no saben lo que va a pasar. Los bancos, los inversores, los proveedores y los clientes también están inquietos. Tengo que dejar claro que voy a dirigir la empresa en nombre del nuevo heredero. Quiero que Timon nombre heredero a Georgy urgentemente –tomó aliento–. Tengo que conseguir que Timon me ceda las riendas como sea.

«Como sea...». Esas palabras retumbaron en la cabeza de Anatole. Las había empleado muchas veces desde que Marcos tuvo el accidente de coche. Miró a la mujer y al niño que tenía al lado y las oyó otra vez. Tenía que proteger al hijo de Marcos y a los miles de empleados de Timon como fuese. Volvió a la realidad y empezó a explicarle a Lyn lo que estaban viendo.

–Nos dirigimos hacia Glyfada. Está en la costa del golfo Sarónico, donde, como sabrás, en el siglo quinto antes de Cristo, tuvo lugar la batalla de Salamina, en la que derrotamos a los persas. La villa de mi abuelo está alejada de la zona turística, en una península muy tranquila.

–Veo que las señales de tráfico están en alfabeto griego y latino –comentó ella.

–Ahora, es muy corriente.

–Creo que es lo más complicado para aprender griego.

–No es para tanto –replicó él–. Muchos símbolos se parecen, aunque otros pueden confundirse, pero no te preocupes, lo aprenderás. Te buscaré un profesor y empezarás cuando quieras.

–Gracias.

Estaba agradecida porque él estaba haciendo todo

lo posible para que se sintiera tranquila. Sin embargo, el coche abandonó la autopista y empezó a circular por carreteras más estrechas y entre residencias evidentemente exclusivas. Cuando acabó parándose para luego cruzar unas puertas que se abrieron por control remoto y entró en un camino que llevaba a una inmensa villa blanca, notó que se le aceleraba el pulso otra vez. Él intentó tranquilizarla al ver que miraba con pavor la imponente mansión.

—A Timon le gusta vivir a lo grande —comentó él con ironía—, pero la casa de la playa es menos grandiosa.

El coche tomó una bifurcación hacia la derecha, rodeó la casa principal y llegó a un edificio que parecía mucho más modesto.

—Será más apropiado para nosotros —comentó Anatole.

Ella no pudo estar más de acuerdo. Era un edificio de un piso con contraventanas y una terraza que daba al final de una playa privada.

—He pedido que nos abrieran la casa, pero hace tiempo que no viene nadie y es posible que esté un poco abandonada —se disculpó Anatole.

—Parece preciosa —replicó ella con una sonrisa.

Se sentía muy aliviada de no tener que vivir en la imponente residencia de Timon Petranakos. Entraron y se sintió más tranquila todavía. Aunque era una residencia de lujo, también era relativamente pequeña y con muebles sencillos.

—Los empleados de la casa principal la limpiarán y siempre podremos acudir a su cocina —le explicó Anatole—. Esta noche, nos hará la cena el cocinero de mi abuelo.

Ella lo agradeció y, una vez deshecho el equipaje e instalado Georgy en el cuarto de juegos del dormitorio contiguo al suyo, se alegró de sentarse a cenar algo que hubiese preparado otra persona. Seguía sintiéndose extraña, aunque sabía que solo tenía que adaptarse, que esa era su vida en esos momentos, pero ¿hasta cuándo? La pregunta le cruzó por la cabeza aunque habría preferido que no lo hubiese hecho. No quería pensar en el futuro, solo quería estar con Georgy... y Anatole. Con sus brazos abrazándola, con sus labios besándola, con sus manos acariciándola, oyendo sus susurros mientras la arrastraba a un sitio donde desaparecía el universo... No pensaría en nada más, aprovecharía cada día y cada noche y haría lo que él le pidiera que hiciese, confiaría en él.

A la mañana siguiente, fueron al hospital de las afueras de Atenas donde estaban tratando a Timon del cáncer.

–Espero que no te importe, Lyn, pero es la primera vez y quiero llevar a Georgy solo para que conozca a Timon.

–Claro –concedió ella inmediatamente.

Era comprensible que quisiera eso. Sería un encuentro muy emotivo para un hombre anciano y enfermo que seguía sintiendo el dolor de haber perdido a su querido nieto, pero que iba a recibir la inesperada bendición de conocer al hijo de ese nieto y ella no quería molestar en un momento tan especial. Además, podía notar que Anatole estaba tenso por la trascendencia de ese encuentro y no quería añadir más tensión. Se despidió de Georgy, quien ya estaba en brazos de Anatole, y los observó mientras salían de la sala de espera. Entonces, sintió una punzada de inquietud, pero la sofocó rápidamente. ¿Qué podía pasar? ¿Acaso un hombre enfermo como Timon iba a arrebatarle a Georgy para que no volviera a verlo? Naturalmente que no. Tenía que dejar de preocuparse, como decía Anatole, todo saldría bien. Volvió a sentarse en la butaca con una revista, pero tuvo que conformarse con ver las fotos, aunque decidió que cuanto antes aprendiese el idioma, mejor.

Durante los días siguientes tuvo mucho tiempo para llevar a cabo esa decisión. Anatole ya le había advertido que tendría que concentrarse en el trabajo y todas las mañanas tenía que despedirlo antes de que se marchara a Atenas mientras ella se quedaba con sus quehaceres cotidianos, aunque no tenía casi nada que hacer. Los empleados de Timon Petranakos se ocupaban de todo y mimaban mucho a Georgy. Además, los que hablaban inglés le decían, con una emoción evidente, lo mucho que se parecía a su padre. A ella también la trataban con mucha deferencia por ser la novia del otro nieto de Timon, algo que le resultó un poco incómodo porque evidenciaba que Anatole y ella procedían de mundos muy distintos. Sin embargo, estaban unidos por Georgy y eso salvaba cualquier distancia entre ellos. Distancia que no existía. No lo veía durante el día, pero, cuando volvía por la noche, era todo lo que podía desear. Algunas veces, ella preparaba la cena, aunque se limitaba a cosas sencillas como la pasta y dejaba las más complicadas al cocinero de la casa principal. Aunque sí se ocupaba personalmente de la comida de Georgy y le gustaba ir de vez en cuando al pueblo para comprar frutas y verduras. El chófer la llevaba y la recogía y pronto se dio cuenta de que los griegos eran mucho más expresivos con los niños que los reservados ingleses y todas las mujeres, desde las ancianas que paseaban hasta las tenderas, le hacían carantoñas ante el evidente entusiasmo de él. Se había comprado un libro de frases en griego e intentaba emplearlas mientras hacía la compra, frases que fue ampliando cuando el profesor llegó a la casa de la playa. Era un joven serio, el hijo universitario del hermano del ayudante personal de Anatole, y con su ayuda empezó a avanzar con la gramática y el vocabulario además de perder el miedo al alfabeto. Una de las doncellas se ocupaba de Georgy mientras tomaba la clase diaria. Le hablaba en griego, como hacía muchas veces Anatole, y ella sabía que era esencial que fuese bilingüe desde el principio. Sin embargo, también sabía que no quería que se criara sin conocer su legado materno. Era algo que le angustiaba un poco cuando ya estaba en Grecia. Quizá no importase cuando era pequeño, pero, a medida que fuese creciendo, querría que fuese tan griego como inglés, se lo debía a Lindy. Se lo dijo una noche a Anatole mientras cenaban. Le incomodaba un poco sacar el asunto, pero eligió el momento oportuno. Él había comentado algo sobre la excursión que hicieron a South Downs cuando estaban en Inglaterra y ella aprovechó la ocasión.

—¿Volveremos alguna vez a Inglaterra? Ya sé que tendremos que volver después de la boda para tramitar la adopción, pero una vez resuelta, ¿volveremos aquí para siempre?

Él se quedó inmóvil durante un instante.

–¿No estás contenta aquí? –preguntó mirándola a los ojos y en tono de preocupación.

–No es eso, ¡te lo prometo! Estoy adaptándome, como prometiste que haría. Por favor, no te preocupes por eso. Ya tienes bastante con la salud de Timon y el trabajo. Supongo que es que estoy dándome cuenta de que, cuando Georgy empiece a hablar, su lengua principal y su cultura serán griegas y que no quiero que pierda completamente el contacto con su parte inglesa. Me tranquilizaría saber que podrá pasar algún tiempo en Inglaterra, aunque sea de vacaciones. Pero ya sé que eso será en el futuro.

–Sí, pero estoy seguro de que encontraremos una solución.

Él lo dijo en tono tranquilizador, pero su expresión se veló como si estuviera pensando algo que no le había contado. Ella sintió una punzada de angustia, pero se disipó casi inmediatamente, cuando la expresión de Anatole se relajó.

–Mañana voy a intentar tomarme el día libre, creo que me lo merezco. No he parado desde que he llegado y la presión será mayor cuando dirija Petranakos. Por el momento, voy a tomarme un largo fin de semana. ¿Qué te parece que te enseñe Atenas? Tengo remordimientos de que hayas estado encerrada aquí y no hayas visto nada todavía.

–¡Sería maravilloso! Gracias, pero, por favor, no tengas la sensación de que he estado encerrada. Es una casa preciosa, con la playa justo debajo y, además, hace un tiempo muy bueno.

–¿De verdad estás contenta aquí, Lyn?

Ella volvió a captar la preocupación y quiso tranquilizarlo inmediatamente.

–Sí, de verdad. Cada día estoy más adaptada, y con el idioma también.

–Me alegro –dijo él sin disimular su alivio–. La otra buena noticia es que el oncólogo de Timon me ha dicho que sigue mejorando. Está respondiendo al tratamiento y tolera mejor los efectos secundarios. Ha dicho que, a lo mejor, le deja que vuelva a casa la semana que viene. Entonces, podremos preparar nuestra boda.

La acarició con la mirada y ella se derritió, como le pasaba siempre.

–Aunque no hace falta que esperemos a la boda... –murmuró él dejando muy claro el mensaje.

Ella se estremeció y se le calentó la sangre. No hacía falta que esperaran a la boda para unirse. Quizá fuese necesario para allanar el camino de la adopción, que seguía tramitándose en el Reino Unido, pero Anatole y ella no necesitaban casarse para dar rienda suelta a la pasión. Se sintió dominada por la felicidad. Tenía todo lo que habría podido soñar con Anatole, entre sus brazos, en la vida que había organizado para ella allí, con su querido Georgy. Además, si había alguna sombra por el futuro, no pensaría en eso por el momento, no dejaría que la angustiara. Se entregaría al presente, a ese presente mágico y maravilloso que le había creado Anatole.

–El oncólogo ha dicho algo más, Lyn.

La voz de Anatole se abrió paso entre su felicidad y volvió a la realidad.

–Cree que Timon ya puede recibir visitas aparte de Georgy y yo. Sé que has sido muy comprensiva al entender que no pudiera conocerte todavía y sabes lo

breves que han tenido que ser mis visitas, pero, naturalmente, está deseando conocerte. Por eso... ¿qué te
parece si de camino a Atenas pasamos mañana por la
clínica?

Él lo preguntó con entusiasmo y ella sabía que tenía que acceder. Quizá tuviese cierto temor de conocer
al imponente bisabuelo de Georgy, al patriarca de la
familia, pero era algo que tenía que hacer y el día siguiente era un día tan bueno como cualquier otro.

Al día siguiente se vistió con un esmero especial y
notó la tensión cuando llegaron a la clínica. También
notó la mano fuerte y cálida de Anatole que le disipó
esa tensión. Llevaba a Georgy en brazos, quien ya era
el favorito del personal de recepción y de la enfermera
que los acompañó a la habitación de Timon. Anatole
entró primero para cerciorarse de que su abuelo podía
recibirlos. Salió enseguida, tomó a Georgy en brazos
y volvió a entrar con ella.

–Lyn, te presento a mi abuelo.

Ella se acercó a la cama sin apartar la mirada de Timon Petranakos. Efectivamente, era un hombre imponente, aunque la edad, el dolor y la enfermedad le habían pasado una factura muy elevada. Sin embargo,
sus ojos, oscuros como los de Anatole, la miraron pe-
netrantemente y no dijo nada durante un momento,
hasta que asintió con la cabeza.

–Me alegro de conocerte.

–¿Qué tal está? –preguntó ella con cortesía.

Él se rio.

–No muy bien, pero podría estar peor. ¡Y mucho
mejor por verte! –exclamó dirigiéndose a Georgy.

Empezó a hablar en griego, con lo que ella supuso que eran palabras cariñosas, y alargó las manos para que Anatole le pusiera a Georgy sobre las rodillas. Los observó. Eran el hombre anciano y enfermo que había perdido a su hijo y a su nieto y el niño que representaba toda la esperanza que tenía para el futuro. Anatole se unió a ellos y también habló en griego mientras hacía carantoñas a Georgy, quien estaba encantado de ser el centro de atención. Ella se quedó a los pies de la cama y se sintió... excluida. Hasta que, repentinamente, Timon levantó la cabeza.

—Háblame de su madre —le ordenó.

Ella se dio cuenta de que, efectivamente, era una orden. Sin embargo, también comprendió que un hombre de su generación y salud que, además, era el patriarca de una familia muy poderosa, estaría acostumbrado a dar órdenes a todo el mundo. Tragó saliva sin saber qué decir.

—Lindy era... la persona más dulce del mundo, era cariñosa y amable.

Le dolía hablar de ella, pero agradecía que Timon Petranakos preguntara por ella.

—¿Era hermosa?

—Sí. Era rubia y tenía los ojos azules.

—¡No me extraña que mi nieto la deseara! —Timon se rio—. ¡Mi nieto tenía buen gusto! Como lo tiene mi otro nieto —añadió mirando a Anatole.

Entonces, la miró y ella se sonrojó bajando la mirada.

—¿Ya tenéis la boda preparada? —siguió él.

Ella se preguntó con inquietud si había captado algo distinto en su tono o si solo era que tenía un acento muy fuerte.

–Primero queremos que salgas de aquí y vuelvas a casa –contestó Anatole.

–Bueno, los canallas de los médicos dicen que podré salir dentro de una semana.

Él volvió a mirarla con los ojos entrecerrados antes de sonreír.

–Dentro de un rato vamos a ir a la ciudad. Lyn quiere conocerla –comentó Anatole.

–Atenas es la cuna de la civilización –le explicó Timon a Lyn con un brillo en los ojos–. ¡Ninguna ciudad del mundo puede compararse con ella! –miró a su bisnieto–. Sería impensable que el hijo de Marcos se criara en otro sitio. ¡Impensable!

–Eso es lo que estamos intentando –confirmó Anatole.

Le dijo algo en griego a su abuelo que ella no entendió, pero supuso que serían detalles legales sobre la adopción de Georgy porque Timon contestó en un tono impaciente y Anatole siguió en tono de advertencia. Ella podía entender que Timon se irritara por los agotadores trámites de adopción. Entonces, volvió a mirarla con sus penetrantes ojos oscuros y se sintió analizada, aunque le sostuvo la mirada con una expresión franca y transparente. Él sonrió y asintió con la cabeza.

–Muy bien... –concedió con su fuerte acento–. Idos. Llévala a la ciudad y cómprale todo lo que quiera –le dijo a Anatole.

Entonces, entró una enfermera para comunicarles que el señor Petranakos tenía que descansar y tomar los medicamentos. Anatole se levantó y tomó a Georgy en brazos. Se despidió cariñosamente de su abuelo en griego y se acercó a ella, quien también se despidió. Sintió cierto alivio cuando se marcharon. Timon Petranakos estaría anciano y enfermo, pero irradiaba un poder que hacía que se sintiera más cómoda cuando no estaba en su presencia, por muy amable que hubiese sido con ella. Anatole la miró en cuanto se montaron en el coche.

—No ha sido para tanto, ¿verdad? –le preguntó arqueando una ceja.

—Es imponente –reconoció ella.

—Sí. Es de su generación. Como lo demuestra que crea que la forma de conquistar a una mujer es «comprarle todo lo que quiera» –añadió él en tono irónico.

—No tienes que comprarme nada –replicó ella con una sonrisa mirándolo–. Ya me has conquistado total y absolutamente.

—¿De verdad? –preguntó él con suavidad y mirándola a los ojos.

—Lo sabes muy bien –contestó ella con el rostro iluminado por todo lo que sentía.

Él la besó muy levemente en los labios.

—Perfecto.

Por un instante, le pareció que había captado en él la misma satisfacción que había captado en la sonrisa de Timon. Naturalmente, Anatole era su nieto y tenían que parecerse en algo. Entonces, Georgy reclamó su atención y ella le hizo caso, como hacía siempre porque nunca lo descuidaría, ni siquiera por Anatole.

El día que pasaron en Atenas fue mágico. Timon había dicho la verdad. Era la cuna de la civilización y de la democracia. Anatole fue contándole los siglos de historia mientras subían al Partenón.

—¡Es increíble que tus antepasados vinieran aquí a celebrar sus cultos hace dos mil quinientos años! –exclamó ella al ver el monumento.

—Algunas veces nos parece tan natural que nos olvidamos de toda la historia que tenemos en comparación con otros países.

Ella lo agarró del brazo.

–Nunca habrías perdido el contacto con la historia si la hubieses estudiado –comentó.

–Si encontrara algún curso de historia que fuese interesante, ¿te gustaría hacerlo?

–¿En griego? –preguntó ella–. No creo que pudiera, ni remotamente.

–No. Estoy seguro de que tiene que haber cursos en inglés. Por ejemplo, creo recordar que el Instituto Británico de Atenas da cursos de arqueología en verano. Estoy seguro de que podremos encontrar algo. Al fin y al cabo, querías estudiar historia antes de que tuvieras que dedicarte a la contabilidad.

–¡Sería maravilloso que pudiera volver a intentarlo con la historia! Sin embargo, no creo que sea lo más indicado ahora que tengo que ocuparme de Georgy –añadió ella frunciendo el ceño.

Anatole la miró con una expresión burlona que ella ya conocía bien.

–Lyn... una de las ventajas de tener dinero es que los niños pueden dejar de ser un inconveniente. Por cierto... –él cambió de tono y ella lo miró–. Timon me ha dicho que quiere ponerle una niñera a Georgy.

–¿Para qué? –preguntó ella con cierta inquietud.

–Como te dije, es de su generación –contestó él haciendo una ligera mueca–. Para él, lo natural es que las niñeras se ocupen de los niños.

–¡No quiero dejar a Georgy en manos de niñeras!

Anatole le dio un beso en la frente.

–No te preocupes, Lyn –él volvió a cambiar de

tono–. ¿Te apetece visitar también el templo de Niké o prefieres que antes nos tomemos un café?

Siguieron con las visitas y Anatole le explicó todo lo que sabía sobre los monumentos, pero, cuando terminaron, ella se alegró de volver a casa otra vez. Miró a Anatole una vez en el coche.

–¡Se necesita más de una visita para ver todo lo que hay en Atenas! –comentó ella con una sonrisa.

–En verano hará demasiado calor y por eso es mejor ver todo lo que podamos mientras haga cierto fresco –él sonrió–. Si quieres, podemos volver mañana o, si lo prefieres, podemos visitar Ática, la región donde está Atenas.

–¡Sería fantástico!

Salieron a la mañana siguiente, con Anatole al volante esa vez. Recorrieron la campiña griega, comieron en una pequeña taberna con un emparrado y visitaron el templo de Poseidón en Sunión, que se elevaba majestuoso al borde del mar. Al día siguiente, tomaron una lancha que los llevó por el golfo Sarónico hasta la isla de Aegina, donde pasaron un día muy tranquilo. Era feliz al estar solo con Anatole y Georgy durante todo el día. La felicidad se adueñaba de ella con una calidez que no había conocido nunca. Caminaban, charlaban, tomaban un helado mientras paseaban por el borde del mar con Georgy subido a los hombros de Anatole... Parecían una familia... Si alguna vez dejaban de estar así de unidos por Georgy, era algo en lo que no quería pensar... todavía. Por el momento, solo quería entregarse a lo que tenía, a lo que tenían entre ellos, que era muchísimo. Por el momento, esa felicidad que la embargaba como si fuese la calidez del sol era suficiente.

Capítulo 9

TIMON llegó a casa, acompañado por un considerable equipo de enfermeros personales, a finales de la semana siguiente. Anatole lo acompañó desde la clínica y una vez instalado en el dormitorio principal con todo el material médico, Lyn llevó a Georgy para que lo visitara. Esa segunda visita le intimidó menos y aunque Timon fue amable y cortés con ella, su atención se centró sobre todo en su bisnieto. Ella decidió que lo llevaría todos los días a visitarlo en su mansión palaciega.

Al día siguiente, Anatole llegó de Atenas antes de lo habitual.

–Nos han citado –le comunicó a Lyn en tono irónico antes de darle un beso–. Timon quiere que cenemos con él.

–¿Y Georgy? –preguntó ella frunciendo levemente el ceño–. Ya estará acostado.

–Puede cuidarlo una de las doncellas –contestó Anatole mientras se dirigía hacia la ducha–. ¡Ah, Lyn...! Me temo que Timon ha contratado a esa niñera.

Ella lo miró con recelo y él siguió inmediatamente.

–No te agobies, por favor. Vivirá en la villa, no aquí, y estará solo para nuestra comodidad, para noches como esta, por ejemplo.

Ella se mordió la lengua. No era extraño que Timon lo hubiese hecho, pero, aun así, era inquietante y le habría gustado opinar sobre quién iba a ser esa niñera. Lo más probable era que a Timon le gustara una niñera uniformada y anticuada que quisiera ser la única responsable del niño y mantener a los padres al margen, aunque no fuesen adoptivos. Sin embargo, dejó de pensar en eso. Ya se ocuparía después de la boda, que se acercaba deprisa una vez que Timon estaba en la casa. La semana siguiente, Anatole y ella serían marido y mujer. Sintió que la sangre le bullía por la emoción, pero también sintió el desasosiego que sentía siempre que pensaba en el futuro. La semana siguiente estarían casados y al cabo de un año podrían estar divorciados. Sintió una opresión en el pecho. No podía pensar en el futuro, tenía que pensar en el presente, ¡que era mucho más de lo que había llegado a soñar!

Fue a arreglarse para la cena en la casa principal, que, con toda certeza, sería mucho más formal que sus cenas en la casa de la playa.

Efectivamente, Timon estaba en una silla de ruedas, pero presidió la mesa en el inmenso y lujoso comedor como habría hecho toda su vida. La comida fue tan opulenta como la decoración y un ejército de empleados se encargó de cambiar los platos y rellenar las copas. Aunque lo intentó, no pudo evitar sentirse incómoda, si no intimidada. Tampoco ayudó que Timon centrara la conversación en Anatole y en la situación de una de las fábricas de Tesalónica, en el norte de Grecia. Él fue explicándole algo, en inglés, a lo largo de la cena.

—Los trabajadores ya tienen contratos temporales y, además, el director está despidiendo a algunos. Como puedes imaginarte, no están muy contentos.

–¡Los despidos son inevitables! –intervino Timon bruscamente.

–Se ha hecho muy mal –replicó Anatole–. No se ha consultado ni negociado ni explicado. Habría que cambiar al director.

–¡Lo nombré yo! –bramó Timon.

Anatole apretó los labios y no dijo nada. Timon miró a su nieto con un destello en los ojos.

–¡Todavía no estás al mando de Petranakos! Además, te recuerdo que no estoy obligado a ponerte al mando...

Timon volvió a hablar muy deprisa en griego, hasta que tuvo un ataque de tos. Ella se sintió muy incómoda. Anatole parecía tenso y ella quería aliviarle las preocupaciones. Tuvo la ocasión cuando, por fin, volvieron a la casa de la playa. Después de comprobar cómo estaba Georgy y de darle las gracias a la doncella que lo había cuidado, se dirigió a la cocina para hacer el café que Anatole siempre tomaba por la noche. Cuando fue al dormitorio, él ya estaba en la cama, apoyado en unas almohadas y con el ordenador portátil en el regazo. La miró y le agradeció el café con los ojos.

–Debería alegrarme de que Timon esté mejor, ¡algo muy evidente!, pero se resiste a cederme las funciones de su presidente. El problema es que su estilo de dirección no es el adecuado para esta situación económica tan grave. Es demasiado autoritario e incendiario para este momento –dio un sorbo de café–. Tengo que conseguir que deje de presidir el consejo de administración y que me ponga en su lugar para que pueda solucionar las cosas de una manera más conciliadora, ¡sin que los empleados se levanten en armas! Sin embargo, Timon está siendo muy obstinado.

Lyn se arrodilló al lado de él y empezó a darle un masaje en los hombros. Él la miró y le tomó una mano.

–Siento que esto haya explotado en este momento, cuando la boda está tan cerca, pero, si las cosas no se tranquilizan pronto en Tesalónica, es posible que tenga que ir allí. Además, voy a tener que hacer lo que sea para que Timon me dé las riendas irrevocablemente. ¡Hay demasiadas cosas en juego! Dice que quiere esperar a que la adopción de Georgy esté confirmada, pero yo no puedo esperar. Si los trabajadores de Tesalónica se declaran en huelga, ¡acabará costando millones a la empresa! Tengo que evitar que lleguen tan lejos y para conseguirlo necesito poder adoptar las medidas que sean necesarias –tomó aliento–. Mañana volveré a ver a Timon. ¡Tiene que cederme el mando de una vez!

Dejó la taza de café, cerró el ordenador portátil y rodeó a Lyn con un brazo.

–Los próximos días van a ser complicados –le avisó como si quisiera disculparse–. Será una carrera contrarreloj para solucionarlo todo antes de la boda. Te anuncio que mañana tendré que levantarme temprano y me temo que no vas a verme mucho durante el resto de la semana. Me quedaré en el piso de Atenas hasta el fin de semana. Incluso existe la posibilidad de que tenga que ir a Tesalónica. Espero que no, pero te lo aviso de todas formas.

Lyn sintió una punzada de pesadumbre ante la idea de no estar con él, pero supo que no podía añadir más presión a la que ya tenía y sonrió con pena antes de darle un beso.

–Pobre. Espero que todo acabe bien.

–Yo también.

Se le empezaron a cerrar los ojos y ella apagó la luz, aunque esa noche no iba a dormir. Sin embargo, al cabo de algo más de una semana estarían de luna de miel. Volvió a sentirse emocionada y se acurrucó al lado de Anatole, quien ya estaba dormido, le pasó un brazo por encima y se estrechó contra él.

–Muy bien, Georgy, no vamos a quedarnos vagueando.

Lyn se lo dijo a su sobrino, y a sí misma, mientras lo llevaba al cuarto de baño para arreglarse. Se había despertado y había comprobado que Anatole, efectivamente, se había levantado al alba. Inmediatamente, se le cayó el alma a los pies ante la perspectiva de no verlo durante los siguientes días, pero se regañó a sí misma por desear que él no fuera tan diligente con sus responsabilidades. Sabía muy bien que tenía que agradecer precisamente esa virtud. Sabía que, si había tomado una decisión tan drástica para salvaguardar los intereses de Georgy, era por ese profundo sentido de la responsabilidad. ¡Iba a casarse con ella! ¡La había llevado allí a vivir con él y Georgy! ¡Iba a formar un hogar para ellos allí! Se sonrojó. ¡Había hecho mucho más que todo eso! La había transformado, había transformado su vida. Le había dado una felicidad que no sabía que existía. Entre sus brazos alcanzaba un éxtasis que la dejaba sin respiración. Y pensar que había llegado a temer que le arrebatara a Georgy... Pensar que había deseado que nunca hubiera descubierto su existencia ni hubiese entrado en su vida... ¡Era completamente imposible pensarlo en ese momento! Cada día que pasaba, cada hora que pasaba con él, su agradecimiento y felicidad aumentaban sin medida. Él estaba haciendo todo lo posible para que se sintiera cómoda en Grecia, como en su casa, valorada y querida. Sus atenciones y consideración con ella no tenían precio.

Arregló a Georgy en un abrir y cerrar de ojos y ella hizo lo mismo. Era un día soleado y aunque le gustaría con toda su alma que Anatole volviera a casa por muy tarde que fuese, no iba a desanimarse. Tomó clase de griego por la tarde, estaba avanzando bastante tanto al hablarlo como al leerlo, y pensó que después se entretendría leyendo algunos de los libros de historia de Grecia, en inglés, que le había proporcionado Anatole. Había decidido que estaría lo más preparada posible cuando solicitara entrar en el curso de historia que le había propuesto él. ¡Era muy atento! Aunque estaba abrumado por el trabajo, había encontrado tiempo para pensar en lo que le gustaría hacer después de que se hubiesen casado para que volviera a tener activo el cerebro y no abandonara su amor por la historia. De no haber sido por él, estaría estudiando contabilidad y se ganaría la vida punteando filas interminables de cifras. Gracias a Anatole, podría estudiar con tranquilidad, podría estudiar lo que más le gustaba. Bajó las escaleras explicándole a Georgy lo maravilloso que era el primo de su padre, una información que su sobrino recibió con desapasionamiento y un balbuceo. Cuando llegaron a la cocina, él se retorció para que lo bajara, pero entonces, cuando estaba a punto de sentarlo en la trona, los dos se fijaron en una cosa. Había un paquete en la mesa de la cocina, en el sitio donde ella solía sentarse. Estaba envuelto con un papel dorado y un gran lazo plateado. Perpleja, rodeó la mesa para mirarlo. Georgy se sintió fascinado por el lazo y tuvo que acomodarlo en la trona antes de desatar el lazo precipitadamente y acercárselo para que él se lo llevara a la boca, que era lo que hacía siempre. Terminó de desenvolver el paquete y vio un portafolios de cuero con una tarjeta encima. La tomó y le dio la vuelta. Era la inconfundible letra de Anatole.

Timon me dijo que te comprara lo que quisieras. Espero que esto sea de tu agrado.

Emocionada, y con curiosidad, abrió el portafolios y sacó lo que había dentro. Se quedó boquiabierta. Era la fotografía de una casa, de una casa claramente inglesa, de ladrillo, con rosas alrededor de la puerta y en un precioso jardín inglés. De repente, se dio cuenta de que la foto la habían tomado desde la franja de arena a la que se abría la cancela. Los recuerdos llegaron como un rayo acompañados por un arrebato de emoción. Sabía perfectamente dónde estaba esa casa y se oyó a sí misma contándole a Anatole cuándo vio por primera vez unas casas como esa.

«Lindy y yo elegíamos en cuál viviríamos cuando fuésemos mayores y...». Miró fijamente la fotografía. Esa tenía que ser una de las casas más bonitas que habían visto Lindy y ella. Desvió la mirada hacia lo que quedaba en el portafolios y abrió los ojos como platos. Era la escritura de propiedad... de la casa que estaba mirando. La escritura a su nombre... Soltó los documentos con incredulidad y se llevó las manos a la cara sin poder creerse lo que estaba viendo. Sin embargo, estaba allí y por escrito... y decía que ella era la propietaria de la casa de la foto. Dejó escapar un grito y sus ojos fueron a dar en una tarjeta que estaba sujeta a una esquina de la escritura. La tomó y la miró con emoción. También estaba escrita por Anatole.

Para que siempre puedas tener un sitio que te guste en Inglaterra y que sea tuyo.

La incredulidad, el asombro y la gratitud se adueñaron completamente de ella. No podía creerse que hubiera hecho algo así... ¡por ella! Sacó precipitadamente el móvil y empezó a escribir con los dedos temblorosos.

Es la sorpresa más increíble y eres el hombre más maravilloso del mundo. ¡Gracias, gracias, gracias!

La respuesta no tardó en llegar.

Me alegro de que te guste... tengo prisa. A.

Pasó el resto del día fascinada por el asombro y la felicidad. Si le había parecido atento y cariñoso porque había querido que estudiara lo que le gustaba, ese acto increíble de generosidad la abrumaba. Que hubiera tenido en cuenta su preocupación por que Georgy no perdiera su legado inglés y, sobre todo, que se hubiese acordado de lo que le contó sobre las vacaciones con Lindy era una prueba fascinante de lo maravilloso que era. ¿Cómo iba a poder divorciarse de él? La pregunta surgió como un rayo fulminante. Se había acostumbrado a intentar no hacérsela porque cada día que pasaba en su nueva vida, la idea de que el matrimonio fuese algo provisional le resultaba cada vez menos apetecible. ¡Qué fácil le pareció cuando se dejó arras-

trar a esa solución radical para proteger a Georgy! Sin
embargo, en ese momento, las cosas eran completamente distintas. Nunca, ni en un millón de años, habría podido imaginarse cómo cambiaría él su relación.
En ese momento, lo que menos quería era que se separaran. Se le helaba la sangre solo de pensar que, antes o después, Anatole daría por terminado lo que solo
había sido un pacto provisional para poder adoptar a
Georgy y que se instalara en Grecia. ¡No quería que
se separaran! ¡No quería que siguieran vidas separa-
das! Miró a Georgy con angustia. Quería que siguieran juntos, que criaran juntos a Georgy, que vivieran
juntos. ¡Quizá Anatole también lo quisiera! Tenía que
esperar que a él le gustara tanto como a ella esa vida
que vivían allí, que fuese feliz y que no quisiera que
siguiesen caminos distintos. La esperanza y el anhelo
se adueñaron de ella. ¿Acaso ese regalo increíble que
le había hecho no era una prueba de su generosidad,
de lo atento que era y de lo que sentía por ella? Además, estar con él era muy fácil; hablaban con confianza, se divertían juntos y se reían con las ocurren-
cias de Georgy. Georgy... los dos lo adoraban. Sintió
una corriente de lava en las venas al pensar en la pasión que compartían noche tras noche, en lo mucho
que lo deseaba y en lo mucho que él debía de desearla.
Todo ello tenía que indicarle que lo que había entre
ellos no era algo irreal y provisional que podía apa-
garse como un interruptor. Por favor, tenía que significar tanto para Anatole como él significaba para ella.

Anatole se frotó los ojos mientras estaba sentado
detrás de la inmensa mesa del despacho de Timon en

la sede central de Petranakos. Le vendría muy bien dormir un poco. Estaba acostumbrado a trabajar mucho, pero aquello era demoledor. Llevaba cuatro días casi sin parar... con sus noches. Noches que había pasado en su piso de Atenas. No le gustaba haber dejado a Lyn y a Georgy en la casa de la playa, pero no había podido hacer otra cosa. Una vez que había conseguido la presidencia ejecutiva de Petranakos Corporation, con plenos poderes, tenía muchos frentes abiertos en esa empresa inmensa y muy compleja que algún día sería de Georgy. La situación en Tesalónica era lo más apremiante, pero no lo único, ni mucho menos. La hospitalización de Timon hasta hacía tan poco había hecho que la gestión cotidiana se relajara en muchos aspectos. Aun así, la amenaza de huelga exigía casi toda su atención. Tanta que le iba a costar encontrar tiempo para hacer algo más importante todavía. Esa noche tenía que ir a hablar con Lyn. Tenía que hablar con ella urgentemente, lo antes posible. El día de la boda se acercaba muy deprisa y estaba quedándose sin tiempo. Hablaría con ella esa misma noche. Le diría lo que tenía que decirle sin retrasarlo más. Miró el documento que tenía en un lado de la mesa. Lo había recibido hacía una hora y pesaba como una losa en la mesa de caoba de Timon Petranakos. ¿Había hecho lo que tenía que hacer? Sí, no había tenido alternativa. Por eso se metió en todo ese asunto desde el preciso instante en el que leyó aquellas cartas tristes y suplicantes dirigidas a Marcos... Sonó el teléfono de la mesa y tuvo que contestarlo. Un momento después, con un gesto sombrío, cerró el ordenador portátil, lo guardó en su maletín y salió del despacho. El ayudante personal de Timon lo miró expectante.

–Que preparen el avión, ¡me voy a Tesalónica!
–bramó antes de desaparecer.

A Lyn le agradó y sorprendió recibir una llamada de
Anatole a esa hora del día, pero pronto se dio cuenta
de que era una llamada seria, no cariñosa. Le explicó
que estaba llamándola desde el coche y que iba camino
del aeropuerto.

–Te lo diré brevemente. Tengo que volar a Tesalónica en este momento. Se acaba de declarar una huelga.
Hay manifestaciones fuera de la fábrica y el director ha
llamado a la policía antidisturbios. ¡Lo que faltaba!
–Anatole tomó aliento–. Al menos, por fin tengo el poder de resolverlo yo solo. No sé cuándo podré volver,
Lyn –su voz cambió de repente–. Además, tengo que
hablar urgentemente contigo en cuanto vuelva.

–¿Qué pasa? –preguntó ella con preocupación.

Oyó que él resoplaba con desesperación.

–Tengo que decírtelo cara a cara, pero escucha, por
favor. Espero que entiendas que...

Lyn oyó una conversación entrecortada en griego
antes de que Anatole volviera a dirigirse a ella.

–Perdóname, pero tengo que dejarte. Estoy con el
director financiero y acaban de decirle por teléfono
que ha habido un choque con la policía fuera de la fábrica y que las televisiones están llegando para fil-
marlo. Tengo que hablar con el oficial al mando y
conseguir que la policía se retire por el momento. ¡La
tensión no puede aumentar!

Se cortó la comunicación y ella se sintió dominada
por el desasosiego. No solo por los altercados que le
esperaban a Anatole, sino también porque le había di-

cho que tenía que hablar con ella urgentemente. ¿Qué pasaba? La pregunta le abrasaba en la cabeza, pero no podía encontrar la respuesta. Seguía abrasándola cuando encendió la televisión y buscó el canal de noticias. Aunque no podía entender gran cosa, sí podía comprobar que los disturbios en la fábrica de Tesalónica eran el titular. Si quería ayudar a Anatole, tenía que dejarle que lo resolviera sin exigirle nada. Había hecho lo que había podido en ese sentido durante los días anteriores, pero la casa de la playa estaba solitaria sin él... y la cama vacía. Peor aún, cuando más tarde llegó a la casa principal con Georgy en el cochecito para que visitara a su bisabuelo, como todos los días, una mujer uniformada la interceptó y le comunicó que era la niñera de Georgy.

–Yo llevaré al bebé con el señor Petranakos –dijo en un inglés con mucho acento extranjero.

Ella vaciló. No estaba dispuesta, pero tampoco era el momento de organizar un jaleo y, a regañadientes, permitió que la niñera se llevara a Georgy.

–Más tarde lo llevaré a casa –siguió la niñera con una sonrisa que ella intentó que no le pareciera condescendiente.

–No, no se preocupe. Esperaré.

Salió al jardín y se sentó en un banco al sol, pero sintió un escalofrío a pesar del calor. Evidentemente, Timon, una vez en su casa, quería que su presencia se notara y que las cosas se hiciesen como a él le gustaba. Esperaría a después de la boda, cuando Anatole no tuviera que enfrentarse a la huelga, para abordar el asunto de la niñera y de las funciones y atribuciones que tenía, si las tenía. Por el momento, se resignaría para no molestar a Anatole con algo tan trivial en ese momento tan trascendental, cuando se jugaba tanto en Tesalónica. Sin embargo, había otra cosa que le preocupaba. ¿Volvería a tiempo para la boda? Aunque volviera, ¿podrían marcharse de luna de miel? Como con el asunto de la niñera, no podía hacer nada en ese momento. Además, la boda iba a ser civil y con una pequeña celebración privada, ya que los dos sabían que acabarían divorciándose antes o después, o sea, no habría que desconvocar a los invitados. En cualquier caso, como Timon y Anatole seguían de luto por la muerte de Marcos, habría sido muy inadecuado celebrar una boda por todo lo alto. Por todo eso, si había que posponer la boda y la luna de miel, no pasaba nada. Anatole encontraría una solución satisfactoria para la huelga, volvería, se casarían y todo iría como la seda... mientras durara el matrimonio. El corazón se le heló otra vez. No quería pensar en las condiciones del matrimonio, no quería pensar en que debería terminar cuando Timon muriera, no quería pensar en que, en algún momento, Anatole se divorciaría y llegarían a un acuerdo aceptable y civilizado por la custodia de Georgy... «Aceptable... Civilizado...». Dos palabras frías, nada parecidas a la pasión que brotaba entre ellos, nada parecidas a la emoción que la embargaba cuando la tenía entre sus brazos. Cerró los ojos. Si ese matrimonio no fuese solo por el bien de Georgy... Resopló. ¡No podía pensar en eso! La realidad era que ese matrimonio era por el bien de Georgy y por nada más. Lo que había pasado entre Anatole y ella no podía durar después del matrimonio por mucho que ella lo anhelara.

Capítulo 10

AL DÍA siguiente, se despertó al oír a Georgy en la cuna. Estaba abatida y él no parecía estar de mejor humor. Pasó la mañana conteniendo la necesidad de llamar a Anatole y se limitó a mandarle un correo electrónico en el que le contaba que todo iba bien, aunque ella estuviese abatida y Georgy, irascible. A primera hora de la tarde, se alegró de poder ir con Georgy a la casa principal. Al menos, él podría pensar en algo aparte de su mal humor. Quizá estuviesen saliéndole los dientes, pero, fuera lo que fuese, no estaba contento... y ella, tampoco. Salió con Georgy por la orilla del mar y le señaló algunas cosas que podían alegrarlo, pero, al no conseguirlo, tomó un camino más largo hacia la casa principal sin importarle que estuviese retrasándose. Cuando se encontró con la niñera, esta no sacó a Georgy del cochecito, sino que esbozó una sonrisa forzada y le comunicó que llevaría al bebé de paseo por el jardín.

—El señor Petranakos desea verla sin el bebé —le dijo con arrogancia mientras tomaba las empuñaduras del cochecito.

—Ah... —dijo ella entre sorprendida y temerosa.

¿Qué querría Timon Petranakos? Supuso que sería algo relacionado con la boda y esperó que no le dijese que iban a tener que posponerla por lo que estaba pasando en Tesalónica. Tomó aliento y pensó que, si había que posponerla, no pasaba nada, que bastante presión tenía Anatole. Antes de que se marcharan, advirtió a la niñera que Georgy estaba un poco irascible, pero solo recibió una sonrisa condescendiente. Luego, siguió a un empleado que la llevó hasta los aposentos de Timon. Él estaba en una habitación con ventanales contigua a su dormitorio. Era enorme y tenía la misma decoración recargada y lujosa del comedor, que a ella le parecía algo agobiante, pero también comprendía que era un estilo propio de un hombre de su edad y posición. Estaba detrás de la mesa y sentado en la silla de ruedas mientras estudiaba unos documentos que tenía delante. Maniobró con la silla motorizada para rodear la mesa y el empleado se retiró. Ella se quedó con el bisabuelo de Georgy. Le pareció notar algo distinto en él. Al principio, creyó que tenía que ver con su salud, pero enseguida se dio cuenta de que era la expresión. Sobre todo, sus ojos. La miraba, pero no era la mirada breve y penetrante a la que se había acostumbrado, sino una mirada fija. Se quedó quieta, aunque la inquietud estaba apoderándose de ella. ¿Qué estaba pasando?

–¿Le ha ocurrido algo a Anatole? –preguntó ella con el corazón atenazado por el miedo.

¿Era eso? ¿Tenía algo que ver con las protestas y los violentos disturbios?

–Sí... algo le ha ocurrido a Anatole.

Estuvo a punto de desmayarse, pero las palabras siguientes le aclararon la cabeza sin compasión, tan despiadadamente como lo que dijo Timon Petranakos con su voz ronca.

–Anatole es libre... por fin es libre. ¡De ti!

–¿Qué... quiere decir? –consiguió preguntar ella mirándolo fijamente.

Él resopló y agarró con fuerza los brazos de la silla de ruedas.

–¡Quiero decir lo que he dicho! ¡Mi nieto se ha librado de ti! –exclamó él con los ojos duros como el pedernal–. ¡Ja! ¡Me miras como si no pudieras creerme! ¡Pues créeme! ¿Creías de verdad que iba a permitir que lo atraparas?

–No... no... no lo entiendo...

No pudo decir otra cosa. ¿Qué estaba pasando? Era como si un maremoto le hubiese pasado por encima. ¡Era una acusación que no había podido esperarse! Intentó por todos los medios juntar las palabras y las ideas para que tuvieran algún sentido, para encontrar algún motivo a lo que estaba pasando. Timon apretó las mandíbulas y su mirada se endureció todavía más.

–Entonces, si no te importa, entiende una cosa. ¡Tus sueños de convertirte en la señora Telonidis se han acabado! ¡Se han acabado!

Ella dejó escapar un grito muy leve, pero que le desgarró la garganta. Quería hablar y gritar, pero no podía. Estaba muda, no podía entender nada de todo eso.

Timon volvió a hablar en un tono áspero y acusador. Sus palabras la atravesaron como una daga.

–Creíste que ibas a cazarlo. Lo miraste y creíste que lo habías conseguido. Creíste que podrías utilizar al hijo de mi nieto para cazar a mi otro nieto, para vivir una vida regalada y lujosa a la que no tienes ningún derecho. ¡Ninguno! Viste la oportunidad de hacer una boda y un divorcio lucrativos y la aprovechaste.

–Anatole se ofreció a casarse conmigo... fue idea suya, no mía. Dijo que así sería más fácil adoptar a Georgy. Acepté por el bien de Georgy –intentó replicar ella ante la virulencia de su ataque.

–¡Por tu propio bien! –exclamó Timon con el rostro desencajado.

–¡No! –gritó ella con desesperación–. ¡Es por Georgy! ¡Solo por Georgy!

–Entonces, te alegrarás de haberlo conseguido. El hijo de Marcos está en el país al que pertenece y digan lo que digan esos malditos, entrometidos y sumisos burócratas ingleses, ningún tribunal de Grecia lo devolverá. ¡Ningún tribunal de Grecia va a arrebatarme a mi bisnieto! En cuanto a ti, debes saber que todas tus maniobras han recibido lo que se merecían. ¿Creías de verdad que Anatole iba a casarse contigo porque te ha llevado a su cama? Lo hizo para aplacarte, para que el hijo de Marcos viniera aquí lo antes posible.

–¡No! ¡No lo creo! ¡No!

Se tapó las orejas con las manos como si no pudiera oír esas palabras repelentes.

–¡Pues créelo! ¡Cree que es lo que te mereces, que se hace justicia por tus maquinaciones y tus mentiras!

Se quedó helada, pálida y con las manos a los costados.

–¿Qué... mentiras?

Sus ojos oscuros dejaron escapar un destello mortífero.

–Sí, mentiras. ¡Te han descubierto! Las mentiras que le contaste a Anatole...

–No... no lo entiendo...

Una mano como una garra tomó un papel de la mesa y lo levantó.

–¿Creías que no iba a investigar a la mujer que se interponía entre mi bisnieto y yo? ¡Claro que te he investigado! Y me alegro de haberlo hecho –añadió en un tono gélido.

Dirigió los ojos hacia el papel como atraídos por un imán. Pudo leer el nombre de la agencia de detectives, el encabezamiento y el breve párrafo de introducción con su nombre... Sintió náuseas.

–No lo entiende... –consiguió decir con un hilo de voz.

–¡Lo entiendo perfectamente! –le espetó Timon Petranakos dejando el papel en la mesa otra vez.

Ella abría y cerraba las manos e hizo un esfuerzo para mirar a los ojos despiadados que tenía clavados en ella

–¿Se lo ha... se lo ha dicho a Anatole?

–¿Tú qué crees? –preguntó él con ira.

–Puedo explicarlo...

–¿Para qué? –la interrumpió él tajantemente–. Mentiste a Anatole y te han descubierto. ¡Es justo que todas tus maquinaciones fuesen en vano! ¡Es justo que nunca consigas casarte con mi nieto para enriquecerte! Bueno... –él echó la cabeza hacia atrás con los ojos como ascuas–. Tus artimañas han terminado –la mano semejante a una garra tomó otro papel de la mesa y lo agitó–. ¡Míralo! ¡Mira cómo tus maquinaciones han acabado en nada!

Ella notó que alargaba un brazo y que su mano agarraba sin fuerza el abigarrado documento. Estaba impreso en griego y los caracteres desconocidos se difuminaron en una mezcla confusa. Parecía un documento legal y no podía entender ni una palabra, pero al pie había una fecha, de dos días antes, y una firma, la de Anatole Telonidis.

–También tengo una traducción –siguió Timon–. La he encargado para ti, para este momento.

Él levantó otro papel. Parecía idéntico al anterior,

pero estaba en inglés. Solo faltaba la firma. Lo tomó con una mano temblorosa y lo miró. Las palabras también se difuminaron, pero no eran confusas.

–Quédatelo. Quédate los dos. Este documento otorga a Anatole todo lo que pedía. Es el presidente y tiene todo el poder ejecutivo. Se lo he otorgado. Todo lo que tenía que hacer para conseguir lo que quería era no casarse contigo –él hizo una pausa y la miró con rencor–. Lo firmó sin dudarlo. La farsa ha terminado.

Carraspeó como si le costara respirar, como si se hubiese quedado sin fuerzas de tanto hablar. Ella pensó que debería compadecerlo, pero no pudo. Solo podía temerlo. Sin embargo, el miedo no le servía de nada en ese momento. No le sirvió cuando Lindy murió ni cuando los asistentes sociales intentaron entregar a Georgy en adopción. No le sirvió cuando apareció Anatole Telonidis y le dio un vuelco a su vida con el padre muerto de Georgy y la fortuna que heredaría un día de su bisabuelo moribundo, la fortuna que Anatole estaba protegiendo en ese momento al aceptar lo que su abuelo le había exigido, al aceptar desprenderse de la futura esposa que no quería, que nunca había querido. Oír esas palabras en la cabeza era como tener una lanza clavada en el costado, una lanza que la atravesaba hasta el corazón. Le faltaba oxígeno y jadeó para respirar. Timon había vuelto a hablar en el tono despectivo de antes.

–Ya no te queda nada aquí. ¡Nada! Solo te queda hacer el equipaje y marcharte. ¡Largarte! ¡Tus mentiras no te han servido de nada y no te mereces nada! Te daré esto para deshacerme de ti lo antes posible, para acelerar tu desaparición.

Él agitó otro papel, uno pequeño esa vez, del tamaño de un cheque.

—¡Tómalo!

Ella lo miró sin verlo, petrificada. No podía pensar ni reaccionar, solo podía sentir los golpes que iba recibiendo uno detrás de otro. Sin embargo, no podía sentir dolor, no podía permitírselo, ya lo sentiría más tarde. En ese momento, lo único importante era lo que iba a decir para ganar tiempo, tiempo para pensar, para decidir lo que tenía que hacer para conservar a Georgy a salvo con ella, costara lo que costase. Tomó aliento e hizo un esfuerzo por parecer impasible, por pensar y hacer algo que no fuese quedarse inmóvil mientras le daba vueltas a lo que estaba pasando. Levantó la cabeza y miró fijamente a Timon. Debería compadecerlo porque era anciano y estaba muriéndose, porque su nieto había muerto hacía poco, pero no pudo. Solo pudo alargar la mano bruscamente, como si la hubiera impulsado una fuerza desconocida, y agarrar el cheque que le ofrecía.

Estaba en la casa de la playa. Estaba mirando fijamente un mensaje de Anatole que había recibido mientras le destrozaban la vida. En la mesa del comedor, junto al ordenador portátil y el diccionario de griego, estaban los documentos que Timon le había entregado. Su remota y desesperada esperanza de que la traducción fuese falsa se había disipado después de haber leído lenta y trabajosamente la versión firmada por Anatole. Anatole había hecho exactamente lo que Timon le había dicho que había hecho. Había tomado el control de Petranakos Corporation con plenos poderes, como siempre había ansiado hacer. Se sintió desgarrada por el dolor. Además, también había hecho

lo que siempre había querido hacer con ella. En ese
momento le parecía atrozmente evidente que lo había
querido desde el principio, que nunca había querido
casarse con ella. Se quedó sin respiración, el espanto
la asfixiaba. ¡No iba a casarse con ella! ¡Todo era mentira! Ya no tenía que mentir más, la farsa había terminado. Entonces, el teléfono sonó mientras miraba la
evidencia. Se sobresaltó y por un instante creyó que
era el móvil, pero se dio cuenta de que era el teléfono
fijo. Estuvo a punto de no contestarlo, pero terminó
descolgándolo ante la insistencia. No era Anatole, era
alguien que empezó a hablar en griego y que pasó al
inglés cuando oyó la titubeante réplica de ella. Era un
funcionario del ayuntamiento que le comunicaba que
la boda que iba a celebrarse dentro de cuatro días se
había cancelado, como había pedido el señor Telonidis mediante un correo electrónico el día anterior. Colgó
sin sentir nada. Ya no sentía nada en absoluto. No podía
ni debía sentir nada. Volvió a mirar el móvil con el mensaje de Anatole que no había leído. Lo abrió para leer
su destino y se quedó mirándolo fijamente mientras las
palabras iban entrando en su cerebro.

*Lyn, voy a cancelar la boda. Tengo que hablar
contigo urgentemente. Contesta cuando te llame esta
noche. A.*

Se quedó mirándolo. Estaba tan aturdida como
cuando estuvo sentada al lado del cuerpo sin vida de
Lindy, sin vida ni esperanza. Se levantó lentamente,
tomó los malditos documentos y miró alrededor, al sitio que, neciamente, había creído que sería su hogar,
el hogar que compartiría con Anatole, con el hombre

que acababa de cancelar su boda. No la había pospuesto, la había cancelado.

Oyó unos golpecitos en la puerta acristalada que daba al jardín. Se dio la vuelta y vio a la niñera que le sonreía educadamente con Georgy en el cochecito. La niñera que Timon había contratado para que ocupara su lugar. No supo bien cómo se deshizo de ella, pero lo consiguió. También consiguió subir al dormitorio que había compartido con Anatole y miró la cama donde él la había tomado entre sus brazos. Se le nubló la mirada y se le hizo un nudo en la garganta. Apartó la vista, fue al armario, sacó la bolsa más grande que tenía y metió toda la ropa que pudo, el pasaporte, la tarjeta de crédito y el poco dinero que le quedaba. Luego, fue al cuarto de Georgy y le hizo la bolsa con pañales, algo de ropa y sus juguetes favoritos. Entonces, con la vista todavía nublada y el nudo en la garganta, volvió a bajar, tomó a su sobrino en brazos y lo abrazó con todas sus fuerzas. Se lo colgó de un hombro dentro del chal que llevaba y se colgó las bolsas del otro hombro. Llevaba unos zapatos robustos para caminar e iba a necesitarlos. Salió y tomó el camino que se dirigía desde la costa a la carretera principal por el límite de las posesiones de Timon Petranakos. Era como medio kilómetro tierra adentro, pero sabía que allí había una parada de autobús. Podría llegar al pueblo más cercano y tomar el tranvía que la llevaría a donde tenía que llegar como fuera, a El Pireo, el puerto de Atenas, su escapatoria...

Había mucha gente y todo era muy confuso cuando llegó, pero consiguió encontrar el transbordador que quería, el más seguro, y compró un billete con los euros que tenía. No utilizó la tarjeta de crédito porque podrían seguir su rastro. Se montó en el transbordador, con Georgy en brazos, e intentó no parecer nerviosa para pasar desapercibida. El transbordador se dirigía a Creta. Si también conseguía pasar desapercibida allí durante un tiempo y encontrar un vuelo que la llevara al Reino Unido, podría consultar con un abogado de familia y hacer algo que le permitiera conservar a Georgy. ¿Tendría alguna posibilidad de ser su tutora siquiera? ¿Qué pasaría cuando Anatole no iba a casarse con ella? ¿Qué pasaría con la solicitud de adopción? Preguntas y más preguntas y todas aterradoras. Timon haría algo para reclamar a Georgy... y Anatole también. Tenía que hablar con un abogado para saber las posibilidades que tenía. Sin embargo, por muy pocas esperanzas que tuviera, sabía que, si se quedaba en Grecia, el largo y poderoso brazo de los Petranakos acabaría con ella muy fácilmente. Le arrebatarían a Georgy y no podría hacer absolutamente nada. ¡Tenía que volver al Reino Unido! Allí tendría alguna esperanza, aunque fuese muy leve. Su cabeza daba vueltas frenéticamente e intentaba pensar para dominar el terror, para intentar dominar algo peor todavía que el terror. Algo que se le clavaba como un puñal, un dolor como no había sentido jamás. Un dolor que la desgarraba como si fuesen las fauces de un lobo, que hacía que quisiera hacerse un ovillo. Se tambaleó, pero llegó hasta uno de los bancos y se dejó caer con Georgy en su regazo. Él miraba alrededor fascinado. Ella también miró hacia el bullicioso puerto y sintió un estremecimiento cuando el transbordador soltó amarras y empezó el viaje. Deseó que fuese más rápido, pero sa-

bía que no llegaría a Heraklion, en Creta, hasta la mañana siguiente. Intentó pensar en lo que haría cuando
llegara, pero no podía concentrarse. El viento la barrió
cuando llegaron a alta mar, mientras seguía sintiendo
las despiadadas fauces del dolor que la desgarraba por
dentro. La firma de Anatole en el documento que Timon le enseñó triunfalmente. La firma que la traicio-
naba. El mensaje que confirmaba la traición, que acababa con toda la necia confianza que había depositado
en él. ¡Había confiado en él! ¡Había confiado en todo
lo que le había dicho y prometido! Sin embargo, esa
promesa no había significado nada. A él solo le importaba llevar a Georgy con su abuelo y así conseguir
el control de Petranakos Corporation. Si esa promesa
no había significado nada para él, lo demás, tampoco.
¡Nada de ella le había importado! ¡Absolutamente nada!
Vio todo el tiempo que había pasado con Anatole como
si fuese una película a cámara rápida. El tiempo que
habían pasado con Georgy... ¡Creía que estaban for-
mando una familia juntos, que él era feliz con Georgy
y con ella! Que era feliz con ella cuando Georgy estaba
dormido, cuando la rodeaba con los brazos, cuando la
besaba, cuando su cuerpo poderoso y apasionado la
llevaba hasta un paraíso que no había sabido que existía, cuando le susurraba y la acariciaba... Sin embargo,
solo había sido una manera de engatusarla, de ocul-
tarle sus verdaderas intenciones. Oyó las palabras que
le había repetido una y otra vez. «Confía en mí, necesito que confíes en mí». Sintió un regusto amargo.
Efectivamente, había necesitado que confiara en él.
Había necesitado que lo mirara con adoración y que
depositara toda su fe en él como una necia. Volvió a
oír esas palabras que se burlaban de ella. No había sig-

Capítulo 11

ANATOLE levantó una mano en un gesto cansado que aceptaba lo que acababa de decir el representante del sindicato. Estaba agotado. Había pasado toda la noche repasando cifras y datos con la dirección de la fábrica de Tesalónica para intentar encontrar una alternativa viable a los despidos. Luego, fue directamente a reunirse con los representantes de los sindicatos para intentar acordar algo que salvara los empleos. Al menos, estaba consiguiendo que lo escucharan, aunque discutieran con él. Su planteamiento no era el del director anterior ni el de su tiránico abuelo, que, con soberbia, habían impuesto unas condiciones que habían acabado en una manifestación fuera de la fábrica y en una llamada a la huelga. Él, en cambio, había presentado la verdadera situación económica de la fábrica y los había invitado a encontrar una salida juntos.

Se dejó caer contra el respaldo con un gesto de cansancio. Todavía había conversaciones en la mesa. Quiso cerrar los ojos y dormir, pero tendría que esperar. ¿Aceptarían su oferta? Eso esperaba. La huelga sería costosa y perjudicial para todos. Peor aún, dada la inestabilidad de la economía de Grecia, era probable que se extendiera por el resto de Petranakos Corporation e, incluso, a otras empresas. Las consecuencias serían desastrosas. Para su inmenso alivio, los representantes de los sindicatos parecían pensativos y algunos asentían con la cabeza. ¿La habían aceptado? Esperaba con toda su alma que sí y que, por fin, pudiera dormir un poco.

Sin embargo, antes tenía que hablar con Lyn. Era esencial. Había encontrado un minuto para mandarle un mensaje y decirle que había cancelado la boda, pero eso era insuficiente. Tenía que verla, hablar con ella, explicárselo... Sintió una impotencia atroz. Tenía que dormir o se desmayaría, pero también tenía que hablar con ella, tenía que estar en contacto con ella...

—Señor Telonidis...

La voz que llegó desde la puerta de la sala de reuniones parecía querer disculparse, pero él captó el tono apremiante y miró a la secretaria que les había interrumpido.

—Es el señor Petranakos... —dijo ella.

Se levantó inmediatamente.

—Señores, discúlpenme. Mi abuelo...

No terminó la frase y salió de la habitación. Todo el mundo sabía lo enfermo que estaba Timon. Una vez fuera, tomó el teléfono que le señalaba la secretaria. La tensión disminuyó en cuanto oyó la voz de su abuelo. Había temido lo peor, pero se quedó helado cuando oyó lo que estaba diciéndole.

—¡Se ha marchado! ¡Se ha marchado y se ha llevado el bebé!

Su abuelo lo repetía una y otra vez, como enloquecido.

—¿Qué le has dicho? ¡Cuéntame qué le has dicho!

Anatole lo dijo con aspereza, pero tenía que saber

por qué Lyn había sentido ese pánico, por qué había huido con Georgy. Su vida se había convertido en una pesadilla desde que recibió la llamada en Tesalónica. Volvió inmediatamente a Atenas, fue a toda velocidad a la villa de Timon y entró como una exhalación en su habitación.

–¡Le dije lo que has hecho! –exclamó su abuelo con la cara descompuesta.

–¡Te dije que me dejaras a mí decírselo! –replicó Anatole con un destello de furia en los ojos–. ¡Yo habría encontrado la mejor manera de decírselo! Sabía que tenía que decírselo urgentemente, pero con la amenaza de esa huelga tuve que decirle que esperara a que hablara con ella. ¿Puede saberse por qué tuviste que decírselo?

Sabía que no estaba teniendo consideración, pero era culpa de Timon. Él tenía la culpa de que Lyn hubiese desaparecido con Georgy. El miedo le atenazó por dentro. ¿Adónde se habría ido con Georgy? ¡Podían estar en cualquier sitio! Se había llevado su pasaporte y el de Georgy, pero, aunque había avisado a la policía del aeropuerto, no sabían nada de ellos. Además, el aeropuerto de Atenas no era la única manera de salir de Grecia, había cientos de maneras de salir de Grecia.

–¿Por qué? –preguntó Timon con la misma aspereza que él–. ¡Te diré por qué!

Recogió un papel de la mesa y se lo enseñó a Anatole, quien lo agarró. Estaba escrito en inglés. Se le heló la sangre en las venas mientras lo leía. Dejó caer el papel en la mesa y se quedó mirándolo sin verlo. Oyó la voz de su abuelo que le llegaba como desde muy lejos.

–Te mintió... te mintió y te utilizó desde el principio. Se lo dije y le dije lo que habías hecho.

Lyn empujaba el cochecito por el parque. No era el cochecito lujoso que le había comprado Anatole, era de tercera mano, con una rueda suelta, una funda sucia y un mecanismo para plegarlo que amenazaba con romperse cada vez que lo utilizaba. Sin embargo, era lo único que podía permitirse en ese momento. Estaba gastándose los ahorros. Era imposible conseguir un empleo porque no podría costear los gastos de que cuidaran al bebé. Dormían en una habitación con una cocina mínima en un rincón y un cuarto de baño compartido en el descansillo. Era tan destartalada que el piso en el que vivía cuando estaba en la universidad parecía un ático de lujo en comparación. Cuando miraba alrededor y veía cada cochambroso detalle, se acordaba de la foto y de las escrituras de propiedad de la casa situada al borde del mar en Sussex. Su necedad le había llevado a pensar que era una muestra de la generosidad de Anatole y de su consideración ante la súplica de que Georgy no perdiera su legado inglés. En ese momento, sabía lo que era, lo supo desde que Timon acabó con sus ridículos sueños. Era su remuneración. Sin embargo, ¡no la tocaría! ¡No aceptaría nada de él! Había dejado toda la ropa cara y elegante en Grecia, en la casa de la playa, y había vuelto con la ropa que tenía al principio. Una ropa que se ajustaba mucho mejor al sitio donde vivía en ese momento. Sin embargo, aunque vivía en el sitio más barato que había encontrado, estaba gastándose el dinero que tenía y no podía seguir así indefinidamente. Sabía, con una certeza desoladora, que el momento de pagar las consecuencias se acercaba como un tren de vapor. No podía seguir así... No solo porque acabaría quedándose sin dinero, sino también porque se había escapado con Georgy. ¡Se había escapado del hombre que intentaba arrebatárselo! El hombre en el que había confiado que nunca lo haría. El dolor la desgarró. Era un dolor que ya conocía bien y se acostumbraría a él. Sin embargo, era como una puñalada cada vez que lo sentía, cada vez que se acordaba de Anatole. De cuando estaba entre sus brazos. De cuando estaba con él día y noche. De todo el tiempo que pasaron juntos, todas esas semanas, todo ese tiempo maravilloso... Cerró los ojos y empujó el cochecito por ese parque, que no estaba lejos del miserable alojamiento que había encontrado en Bristol, el destino del primer vuelo que salió de Heraklion. Mientras hacía un esfuerzo por andar, los recuerdos se le amontonaban en la cabeza y la desgarraban como garras de acero. Recuerdos de Anatole paseando con ella en un parque parecido a ese durante una fría primavera del norte, cuando se sentaron en la zona de juegos para niños, cuando le dijo que siempre había una manera de resolver el dilema... Sus manos se agarrotaron en la barra del cochecito. Efectivamente, había habido una manera que había dado resultado hasta el más mínimo detalle. Él había sabido... un hombre como él tenía que haber sabido que ella sería como plastilina en sus manos, que podría convencerla para que hiciese todo lo que quería que hiciera. «Tienes que confiar en mí...». Las palabras que le repitió tantas veces le abrasaban en la cabeza. ¿Qué mejor manera de ganarse su confianza y de mantenerla dócil que la más efectiva de todas? Se acostó con ella para que confiara en él, para tenerla contenta. Hasta que ya no le hizo falta. Dejó escapar un leve grito, se detuvo y se agachó al lado de Georgy. Él la miró y le dio unas palmadas en la cara. Ella sintió que el corazón le daba vueltas y más vueltas.

–Te quiero mucho, mi adorado Georgy.

Se irguió y siguió empujando el cochecito como si llevara una piedra dentro de ella. No podía seguir así. La cruda realidad era que, aunque sintió pánico cuando Timon le destrozó la vida y siguió sus instintos más primarios y escapó lo más lejos que pudo con Georgy en brazos, era una fugitiva. No solo se escondía de Anatole, sino que también se escondía de las autoridades, que eran quienes todavía tenían la última palabra sobre el hijo de su hermana. Sabía y temía que tenía que afrontarlo. También tenía que afrontar que estaba ocultándose de la verdad. De la verdad sobre lo que había hecho. Ella también lo había utilizado a él. Tenía que afrontar lo que Timon le había arrojado a la cara. Su mentira, su engaño para conseguir de Anatole lo que quería con toda su alma. Sin embargo, todo se había desmoronado y ella había quedado reducida a eso, a ser una fugitiva, a huir con Georgy sin porvenir ni esperanza. No podía seguir. Ya solo había una solución, un único porvenir para Georgy.

Esperaba a que apareciera Anatole. Sabía que aparecería en cualquier momento. Había un reloj en la pared y lo miró. Lo vería al cabo de unos minutos y le diría lo que tenía que decirle. Sin embargo, no tenía que pensar en eso. Solo tenía que seguir jugando distraídamente con Georgy mientras pasaban los minutos que la separaban de un futuro interminable y vacío.

Se abrió la puerta y levantó la cabeza. Allí estaba Anatole en carne y hueso. Anatole... Tan imponente como siempre, desde la primera vez... El vacío que había sentido se hizo añicos. La oleada de sensaciones se adueñó de ella, la sangre le bulló como un géiser que brotaba del hielo. Se le nubló la vista y sus ojos se clavaron en él mientras entraba. Georgy, en su regazo, también lo vio, lo reconoció y alargó los brazos mientras balbucía algo con júbilo. Él llegó en dos zancadas, lo tomó en brazos y lo abrazó hablándole en griego. Entonces, cuando lo apoyó en el hombro, la miró. Por un instante, sus ojos dejaron escapar un destello de emoción que la abrasó, pero desapareció inmediatamente. Se quedó inmóvil con Georgy en brazos y el rostro como tallado en piedra. Sin embargo, ella podía notar la furia que sentía.

—Lo has traído... creí que no lo harías —dijo él inexpresivamente.

—Dije en la carta que lo traería.

Su voz fue tan inexpresiva como la de él porque solo así podía hablar y decir lo que tenía que decir. Él frunció el ceño y entrecerró los ojos.

—¿Por qué? ¿Por qué lo has traído? ¿Qué buscas, Lyn?

Ella captó la furia contenida y supo que era la responsable. Sin embargo, su furia le daba igual y se encogió levemente de hombros.

—¿Qué podía hacer? Me escapé porque me entró pánico. Fue mero instinto, pero, cuando volví aquí, me di cuenta de que huir no había tenido sentido.

Hizo un esfuerzo para mirarlo y para contener el grito que rechazaba lo que estaba haciendo, lo que estaba diciendo, lo que estaba sintiendo... Sin embargo, daba igual lo que sentía, daba igual volver a ver a Anatole. Daba igual porque a él nunca le había importado, solo era un impedimento en su camino para alcanzar su objetivo. Lo que pasó entre ellos no fue real. Solo era un medio para llegar a un fin, un fin que ya había conseguido. Lo miró con Georgy, quien estaba contento entre sus brazos. Lo había visto así miles de veces. Notó que se le partía el corazón. Ella no era nada para él, Georgy lo era todo y tenía que aferrarse a eso. Solo a eso. Era la única manera de sobrevivir a lo que estaba pasando, a lo que iba a pasar.

—Creí que quizá hubieses ido a la casa.

—¿A la casa? —preguntó ella con el ceño fruncido—. ¿Qué casa?

Una sombra cruzó el rostro de él.

—A la casa junto al mar... A la casa que te regalé.

—¿Por qué iba a haber ido allí? —preguntó ella mirándolo fijamente.

—Porque es tuya —contestó él tan tajantemente como la hoja de un cuchillo.

—¡Claro que no es mía! Nada es mío, Anatole. Ni siquiera... —cerró los ojos porque la verdad era demasiado dolorosa, pero volvió a abrirlos—. Ni siquiera Georgy.

Lo había dicho. Había dicho lo que tenía que decir, lo que debería haber dicho desde el principio. Si hubiese dicho la verdad, se habría ahorrado ese trago. Se habría ahorrado el dolor de estar allí viendo a Anatole y sabiendo lo que había llegado a significar para ella. Cuánto desconsuelo se habría ahorrado. Tomó aliento y le cortó la garganta como el filo de una cuchilla.

—Firmaré los documentos que haga falta. Puedo hacerlo ahora o más tarde... lo que quieras. En algún momento tendré un domicilio, aunque todavía no sé dónde.

Se levantó mientras hablaba, hizo un esfuerzo para estirar las piernas. Se sentía mareada, pero tenía que decir lo que había ido a decir.

–He traído las cosas de Georgy. No son muchas, no me traje muchas cosas y le he comprado muy pocas desde que estamos en el Reino Unido. Todo está en esas bolsas –le señaló un pequeño montón que había junto a la silla–. El cochecito no es muy bueno, es de tercera mano, pero te servirá hasta que le compres otro. A no ser que hayas traído el antiguo. Ten cuidado cuando lo despliegues porque se atasca...

Señaló el cochecito que estaba apoyado en la pared y rebuscó en el bolso. Las manos no le funcionaban bien, nada le funcionaba bien.

–Este es su pasaporte.

Lo dejó encima de la mesita y notó que le temblaba la voz levemente, pero se sobrepuso. No podía derrumbarse.

–Espero... –siguió ella–. Espero que puedas llevártelo de vuelta a Grecia lo antes posible. Estoy segura... –tragó saliva–. Estoy segura de que Timon querrá verlo enseguida.

Se le entrecortó la voz, agarró su bolso y parpadeó.

–Creo que eso es todo.

Empezó a dirigirse hacia la puerta. No podía mirar a Anatole. No podía mirar a Georgy. No podía hacer nada menos dirigirse hacia la puerta, alcanzarla, empezar a abrirla...

–¿Puede saberse qué haces?

La pregunta fue como un golpe en la nuca. Se dio

la vuelta y tragó saliva, pero le costaba tragar porque tenía un nudo en la garganta. Parpadeó.

—Me marcho. ¿Qué creías que iba a hacer?

Él dijo algo que ella no entendió porque estaba mirando su cara por última vez. Saber que era la última vez era como meter la mano en agua hirviendo, pero él cambió de expresión.

—Entonces, él tenía razón —dijo Anatole en un tono que fue como un latigazo para ella—. Timon tenía razón desde el principio.

Dejó a Georgy en la mullida moqueta y se quitó la corbata para dársela y tenerlo tranquilo. Lyn notó que sus ojos se dirigían hacia el cuello de él mientras se desabrochaba el primer botón de la camisa. Notó un cosquilleo en las entrañas que conocía muy bien y que en ese momento la dejaba sin fuerzas.

—Timon tenía razón —repitió él con voz fría—. Dijo que lo único que querías de todo esto era el dinero. Yo no lo creí. Dije que te negaste a recibir dinero a cambio de Georgy. Sin embargo, te vio venir desde el principio. No me extraña que te echara encima a sus investigadores privados y tampoco me extraña que aceptaras su dinero para largarte.

Ella no replicó, se limitó a tomar el pasaporte de Georgy y a dárselo.

—Ábrelo.

Ella lo dijo en tono tenso, tan tenso como la garra de acero que le atenazaba la garganta. Lo miró mientras hacía lo que le había pedido y observó que su expresión cambiaba cuando vio el cheque que le había dado Timon roto en pedazos.

—Lo acepté para ganar tiempo, porque no se me ocurrió nada más —ella tomó aire con la respiración entrecortada–. Nunca quise dinero, Anatole. Nunca quise nada, aparte de lo único que era importante en mi vida.

Lyn miró a Georgy, quien estaba encantado mordiendo la corbata de Anatole. Estaba mintiendo y lo sabía, porque había llegado a querer algo más que a Georgy, había querido algo más valioso todavía para ella. ¡Había querido a Anatole con toda su alma! ¡Había querido una familia! Ese había sido el sueño que había cobrado vida en Grecia, que había anhelado. Anatole, Georgy y ella, una familia... Volvió a mirar el rostro inexpresivo de Anatole.

–Te repetí una y otra vez que Georgy era mío, como si así fuese a ser verdad –tomó aliento y le desgarró los pulmones–. Sin embargo, no es mío ni lo fue jamás.

Lo miró a los ojos, a esos ojos oscuros, implacables y velados.

–Ni una sola gota de mi sangre corre por sus venas.

Capítulo 12

EL NO se inmutó mientras oía lo que ya sabía.
—Ya lo sé. Sé que Lindy no era tu hermana,
que solo era tu hermanastra. Timon me enseñó
lo que habían encontrado sus investigadores. Era la
hija del segundo marido de tu madre, quien os abandonó a las tres —él sacudió la cabeza como si quisiera
reorganizar sus ideas—. Cuando me lo contó, me pareció que explicaba muchas cosas. Por qué Georgy
no se parece a ti. Por qué Lindy y tú tenéis un nombre tan parecido, algo que ningún padre habría hecho
intencionadamente. Por qué veía el miedo en tus ojos
de vez en cuando. Por qué no querías que se hiciese
una prueba de ADN —él hizo una pausa—. ¿Por qué no
me lo dijiste, Lyn? Deberías haber sabido que me en-
teraría tarde o temprano.

Ella se rio con amargura y sorna.

—¡Porque quería casarme antes de que te enteraras!
—exclamó ella—. ¡Porque estaba maquinando para que
me pusieras el anillo en el dedo, algo que no pensabas
hacer!

La expresión de él cambió. Abrió la boca para decir algo, pero ella lo interrumpió.

—¡Timon me lo dijo! Me dijo que la historia de casarnos para poder adoptar a Georgy había sido una

farsa. ¡Me dijo que era un cuento de hadas, que nunca lo dijiste de verdad!

–¿Qué...?

Ella se tapó los oídos con las manos.

–¡No, por favor! No me mientas en este momento, ¡se acabaron las mentiras! –ella dejó escapar esa risa otra vez y bajó las manos–. Timon me arrojó a la cara que me merecía ese final porque te había mentido al no decirte que Lindy solo era mi hermanastra. Yo sabía muy bien que tenías muchas más posibilidades que yo de adoptar a Georgy porque tenías algún vínculo de sangre. ¡Estaba intentando cazarte con un matrimonio que nunca necesitaste! –echó la cabeza hacia atrás–. Cuando intentó darme dinero para que me marchara, cuando me dijo que sabía que solo había querido casarme contigo porque eres rico, ¡me enfurecí! Nunca quise tu dinero, ¡jamás! ¡Solo quería a Georgy! –sacudió la cabeza como si lo que había hecho fuese un peso insoportable–. Sin embargo, ya no importa. Todo ha terminado, lo sé y lo he aceptado. Sobre todo, he aceptado que tengo que hacer lo que estoy haciendo.

Lyn volvió a mirar a Georgy, quien estaba completamente al margen del atroz drama que tenía lugar por encima de su cabeza.

–Dije que era mío –susurró ella con la garganta oprimida por el dolor–, pero nunca lo fue. Solo era el bebé de mi hermanastra, el hijo de tu primo. Por eso...

Volvió a mirar a Anatole, quien estaba petrificado como una estatua, y le dio un vuelco el corazón, un vuelco inútil.

–Por eso lo dejo –siguió ella con un hilo de voz–. No es un trofeo por el que competir ni un legado. Solo es él, alguien que necesita un hogar y una familia, su familia. Tu familia. Sé que lo cuidarás, sé que lo quieres. También sé que Timon lo quiere, a su manera –tomó aliento con la respiración entrecortada otra vez–. Debería haber sabido desde el principio que no podía reclamarlo. Sobre todo, cuando lo encontraste. Es tuyo, Anatole. Tuyo y de Timon. Hasta ahora no había aceptado que no debería haberte hecho pasar por esto. Ahora, lo sé.

Recogió la bolsa y le pesó como si estuviera llena de plomo, como si llevara la rueda de molino que estaba machacándole el corazón.

–No me despediré de Georgy. Está feliz contigo y eso es lo único que cuenta.

Se dio la vuelta y abrió la puerta, pero una mano férrea la agarró del brazo, tiró de ella y cerró la puerta otra vez. Anatole la agarró de los dos brazos y le dio la vuelta.

–¿Estás loca? ¿Estás completamente loca? ¡No puedes pensar en serio que vas a marcharte así!

Ella intentó separarse, pero era como si tuviera dos argollas de acero. Él estaba demasiado cerca y podía verlo demasiado bien. Podía ver el muro de su pecho. Podía ver sus inmensos hombros cubiertos por la exclusiva tela del traje hecho a medida. Podía ver la barba incipiente y la boca que podía derretirla y reducirla a gemidos de pasión incontenible. Podía ver los ojos con un destello oscuro y abrasador. Podía olerlo y ver las pestañas de seda negra. Creyó que iba a desmayarse y cerró los ojos para detener esos recuerdos que se clavaban en ella como puñales en la carne más tierna.

–¿Qué otra cosa puedo hacer? –preguntó ella en voz baja–. No quieres casarte conmigo, nunca quisiste casarte conmigo, y Timon tampoco quiere que te cases conmigo. ¡Lo dejó muy claro! Además, ahora que no vas a casarte conmigo, podré hacer lo que me dijo Timon que hiciera, podré desaparecer y dejarte en paz. También dejaré en paz a Georgy porque no me necesita. Te tiene a ti y a Timon, tiene todo lo que necesita. La niñera se ocupará de él cuando estés trabajando. Estoy segura de que es muy buena. No me necesita ni se acordará de mí, ni me echará de menos.

–¿Solo te preocupas por Georgy?

Él lo preguntó en un tono raro, pero no iba a pensar en eso. No iba a pensar en nada, no iba a sentir nada. No se atrevía. Volvió a abrir los ojos y lo miró.

–No –contestó ella.

Retrocedió y esa vez la soltó. Retrocedió otro paso para aumentar la distancia entre ellos, la distancia era mucho más que una distancia física.

–También estás tú –añadió ella haciendo un esfuerzo para hablar–. Siento haberte causado tanta angustia por escaparme de Grecia como lo hice, pero seguía... seguía negándome la realidad. Seguía creyendo que tenía derecho a quedarme con Georgy y eso hizo que me... enfadara contigo –eligió el verbo «enfadarse» porque le pareció el más seguro, el único que podía emplear en ese momento–. Había confiado en ti, como me decías una y otra vez, y había creído que conseguirías que todo saliera bien, que, si nos casábamos, tendríamos más posibilidades de adoptar a Georgy –tomó aliento y fuerzas para seguir–. Sin embargo, me lo decías solo para que llevara a Georgy a Grecia, porque como yo era su tutora, era la forma más rápida de llevarlo, más rápida que acudir a los tribunales. Sabías que me daba miedo llevarlo a Grecia y por eso me contaste todo eso de casarnos y divorciarnos. Además, para tenerme contenta...

Ella se ahogó, pero hizo un esfuerzo para seguir, para decir en voz alta todo su sufrimiento.

–Para tenerme contenta, tú... tú... Bueno, hiciste lo evidente y dio resultado. Creí que ibas a casarte conmigo de verdad y... y llegué a quererlo con toda mi alma porque, si me casaba contigo, ¡tendría más posibilidades de adoptar a Georgy! –las palabras le brotaban y no podía contenerlas–. Como yo no tenía vínculos de sangre, las autoridades querían que lo adoptara otra pareja. Hasta que apareciste, un familiar cercano de su padre, y ser tu esposa también habría sido mi mejor ocasión. Por eso lo hice, Anatole, por eso acepté casarme contigo. Y he recibido mi merecido. No puedo reclamarlo y lo he aceptado por fin. Georgy no es mío. Nunca lo fue y nunca lo será.

Tenía la mirada clavada en ese hombre, el hombre al que se había entregado, el hombre que había significado tanto para ella y que le había hecho sufrir tanto. Tampoco era suyo. Nunca lo había sido y nunca lo sería. No volvería a verlo jamás. Tenía el corazón desgarrado por Georgy... y por él. Notaba que se le desgarraba mientras hablaba y lo miraba por última vez. ¡Al hombre del que se había enamorado tan neciamente! Se había enamorado de él cuando ella solo había sido un medio para conseguir un fin, una manera rápida y sencilla de quedarse con el niño que había buscado con todas sus fuerzas.

–Por fin puedo hacer lo que sé que tengo que hacer, marcharme y dejar a Georgy contigo. Tú lo quieres y te ocuparás de él toda su vida. No me necesitará, ahora puedo verlo muy claramente.

–¿Puedes?

Una vez más, él pareció limitarse a repetir sus palabras. Ella asintió con la cabeza y con los ojos muy abiertos por la angustia, pero consiguió decir lo que tenía que decir y decírselo a Anatole, al hombre que sería el padre de Georgy. ¡Ella nunca sería su madre!

–Como he dicho, ya he aceptado que no me necesita. Te tiene a ti, Anatole, y eso es suficiente. ¡Serás un padre maravilloso! Lo quieres con toda tu alma y él te adora... a ti y a tu corbata de seda.

Sin embargo, no debería intentar tener sentido del humor ni aunque fuese como válvula de escape. Cualquier sentimiento era demasiado peligroso. Estar en esa habitación con Anatole y Georgy era demasiado peligroso. Tenía que marcharse mientras pudiera...

–¡No puedes ver nada! ¡Ni siquiera lo que tienes delante de ti! –exclamó él con aspereza antes de cambiar el tono–. Sin embargo, puedo entender el motivo. Ahora puedo entenderlo todo.

La agarró de una muñeca y la llevó hacia el grupo de butacas. La sentó en una y se sentó en otra. Ella no se resistió. Georgy, quien seguía en el suelo, empezó a gatear hacia ella con una sonrisa de felicidad y se abrazó a una de sus piernas.

–Tómalo en brazos, Lyn.

–No puedo –replicó ella sacudiendo la cabeza–. No debo, no es mío.

Tenía un nudo en la garganta que iba a asfixiarla. Anatole se inclinó, tomó a Georgy en brazos y lo dejó en el regazo de ella.

–Abrázalo –casi le ordenó él–. Abrázalo, mírame y dime otra vez lo que acabas de decir. Dime que vas a abandonar a Georgy.

–No voy... no voy a abandonarlo. Voy... voy a hacer lo que tengo que hacer, lo que debería haber hecho en el preciso momento en el que lo encontraste. No es mío. Nunca lo fue...

La garganta se le cerró otra vez, pero se obligó a seguir, a mirarlo a los ojos, que estaban taladrándola.

–Debí habértelo entregado en cuanto apareciste. Así, no habrías tenido que montar esa farsa, como lo llamó tu abuelo. Esa farsa... –tragó saliva– esa farsa que ya ibas dar por terminada –lo miró a los ojos–. Recibí una llamada del ayuntamiento justo después de que Timon hablara conmigo, una llamada para confirmarme que la boda se había cancelado. Entonces... entonces leí el mensaje que me habías enviado y que decía lo mismo.

–¡En ese mensaje te decía que te lo explicaría todo más tarde, cuando hablara contigo!

–Timon ya me lo había dejado todo muy claro. Cuando intenté no creerlo, me enseñó el documento que habías firmado, el documento que te nombraba presidente de Petranakos Corporation, el que afirmaba que no te casarías conmigo. ¿Qué sentido tenía que me lo dijeras tú, Anatole, cuando ya lo había visto por escrito?

Él dijo algo en griego y ella miró al bebé que mordía plácidamente la corbata de Anatole y parecía contento de estar en sus rodillas. Quiso abrazarlo, pero no debía hacerlo nunca más. Anatole estaba hablando otra vez e intentó escucharlo, aunque ¿qué podía decir que quisiera escuchar ella?

–El sentido, Lyn, era que yo te habría dicho la verdad.

Él dijo cada palabra como si fuese un diamante cortado del aire.

–Sabía la verdad –replicó ella–. Timon me la dijo.

–Timon... mintió –aseguró él con muchísimo cuidado.

Ella lo miró a los ojos. Todavía eran inexpresivos. ¿Por qué había dicho eso? ¿Para qué?

–Vi el documento que firmaste. Vi el original, el firmado por ti, y la traducción en inglés. Incluso, lo traduje yo misma. Decía lo que Timon me había dicho que decía. Eres el presidente y no ibas a casarte conmigo.

–¿Te dijo por qué?

Él todavía hablaba en un tono raro y ella lo captó, pero sabía que no debía...

–Sí, me dijo por qué. Porque nunca pensaste casarte conmigo. Era una farsa para que accediera a llevar a Georgy a Grecia.

–Bueno –él volvió a adoptar ese tono claro y cuidadoso, como si a ella le costara entender–, si fuese así, ¿no te habría montado en el primer vuelo a Londres una vez que tuve a Georgy en Atenas?

–No lo sé –ella se encogió de hombros–. Da igual.

Daba igual en ese momento, cuando todos sus sueños y esperanzas estaban hechos añicos, cuando tenía el corazón desgarrado por partida doble, por Georgy y por él. Georgy la miró distraídamente y le acarició el pelo. Nunca volvería a tenerlo en sus rodillas, nunca lo abrazaría ni lo besaría otra vez, no lo vería crecer... Desvió la mirada hacia Anatole, quien estaba de pie, a quien quería tanto, quien era tan valioso para ella, a quien no le había importado nada... El dolor le atenazó el corazón y deseó que dejara de hablarle, de preguntarle cosas, cosas que ya daban igual. Sin embargo, él seguía hablándole, como una pesadilla *post mortem*...

–No, Lyn, no da igual. ¿Por qué iba a querer que te quedaras en Grecia, que vivieras en la casa de la playa y que durmieras conmigo si ya tenía lo que quería?

Ella frunció el ceño. ¡Seguía insistiendo y no tenía ningún sentido!

–Bueno, es posible que todavía fuese útil por algún motivo. Quizá te pareciese que te convenía tenerme al lado cuando solicitaras la adopción de Georgy. Tenías que tenerme contenta y que no me opusiera a ti. Aunque eso también daba igual, ¿verdad? Cuando supiste que solo era la hermanastra de Lindy, también supiste que no podría oponerme a ti por la adopción de Georgy. Habrías hecho lo que hizo Timon, me habrías mandado a que hiciese el equipaje.

–¿Sabes por qué te mandó a que hicieses el equipaje, Lyn?

Él ya lo tenía claro como el agua, pero ella no podía entenderlo todavía. Tenía que mostrárselo. Ella negó con la cabeza y él la miró con esos ojos oscuros que podían derretirla.

–Estaba asustado, Lyn. Cuando se enteró de que Lindy solo era tu hermanastra, le asustó que estuvieras utilizándome para adoptar a Georgy. Si te casabas conmigo y conseguíamos adoptarlo, serías su madre adoptiva independientemente de que fueses su tía o no. Habría sido demasiado tarde. Estaba aterrado, Lyn, de que te llevaras a Georgy a Inglaterra, de que te divorciaras de mí allí, de que consiguieras la custodia y te quedaras a Georgy como un... rehén. Todo lo que te dijo fue por miedo.

Ella cerró los ojos. ¿Por qué le decía todo eso? ¡Era un tormento!

–¿Acaso falsificó tu firma en el documento? –preguntó ella abriendo los ojos otra vez–. ¿Lo hizo?

–No. ¡Lo firmé yo! Tuve que hacerlo. No me dejó alternativa –él lo dijo sin alterarse–. Necesito que escuches lo que tengo que decirte, Lyn. Te lo habría dicho en Grecia si no hubieses huido.

Tomó una bocanada de aire sin dejar de mirarla fijamente. Estaba pálida y tensa como la cuerda de un violín.

–Firmé ese documento porque Timon no estaba dispuesto a cederme la presidencia si no lo firmaba y ya sabes lo que estaba pasando en Tesalónica. Sin embargo, yo no quería firmarlo. Ahora entiendo, pero no lo sabía entonces, que insistía en que lo firmara porque él ya sabía cuál era tu relación con Lindy, ya tenía el informe de los investigadores, una investigación que yo desconocía. Eso era lo que lo asustaba y por eso utilizó el único recurso que tenía. Me amenazó con no darme el poder que necesitaba urgentemente, que necesitaba ese mismo día para acabar con esa huelga desastrosa, si no renunciaba a casarme contigo. No supe que eras la hermanastra de Lindy hasta que volví precipitadamente de Tesalónica cuando te escapaste con Georgy. Me lo contó entonces y también te acusó de haberte llevado el cheque que te ofreció. Por eso dudé de ti, por eso estaba enfadado cuando llegué aquí.

–Tienes motivos para estar enfadado, Anatole, porque te oculté lo débil que era mi pretensión de adoptar a Georgy en comparación con la tuya.

Ella lo dijo en tono inexpresivo y acusándose a sí misma. Él la miró fijamente.

–¿Crees que estoy enfadado contigo por eso?

–Como yo estaba enfadada porque dijiste que te casarías conmigo cuando nunca habías pensado hacerlo. ¡Ese documento lo demostraba!

–¡Nunca habría firmado ese documento voluntariamente! –la expresión de él cambió y sus ojos dejaron escapar un destello–. Acabé firmándolo porque creí que no tenía importancia a largo plazo. No tenía tiempo para discutir con mi abuelo, no tenía tiempo para preguntar por qué se empeñaba en esa condición. ¡Tenía que concentrarme en lo que estaba pasando en Tesalónica! ¡Lo solucionaría después! Habría tenido que posponer la boda en cualquier caso por la amenaza de huelga y, si me hubieses dado la oportunidad, Lyn, luego, cuando hubiese vuelto, te habría explicado que mi abuelo me había obligado a hacerlo, ¡por qué acepté! Te lo habría explicado todo –tomó aliento–. Si hubieses confiado en mí lo suficiente como para no huir a Inglaterra... Si hubieses confiado en mí, Lyn...

Le había dicho una y otra vez que confiara en él ¡y volvía a decírselo! Un sentimiento se abrió paso dentro de ella, un sentimiento que no pudo distinguir, que no se atrevió a distinguir.

–Si hubieses confiado en mí como necesito que confíes ahora, como yo confío en ti, Lyn, como confío en ti.

Se acercó y ella solo pudo mirarlo, mirarlo a la cara y a los ojos, que tenía clavados en los de ella. Se agachó al lado de ella.

–Me has demostrado que puedo confiar absolutamente en ti. No existe mayor demostración posible, ¡ninguna!

Él alargó una mano, pero no a ella, sino a Georgy, quien estaba chupándose un dedo y quedándose dormido. Le acarició la cabeza y la mejilla. Su rostro se suavizó antes de volver a mirarla fijamente.

–Confío absoluta e incondicionalmente en ti, Lyn. Confío en que hagas lo que resplandece en ti, lo que ha resplandecido con la luz más pura desde el principio. Tu amor por Georgy, Lyn. Confío en eso y por eso confío en ti. ¡Por eso confiaré siempre en ti!

Su voz, sus ojos, todo su ser rebosaba de emoción y ella se sintió arrastrada.

–Lo que importa, Lyn, independientemente de que Lindy fuese tu hermana o...

Ella lo interrumpió con un grito de angustia y temblando por la emoción.

–¡Lo era! ¡Era mi hermana! ¡Mi hermana en todo! ¡La quería como si lo fuese! Cuando murió, una parte de mí murió con ella, pero me entregó... me entregó a su hijo para que lo cuidara, para que lo quisiera como la había querido a ella y por eso... por eso... –no podía seguir, pero tenía que seguir, tenía que seguir–. Por eso tengo que entregártelo ahora, Anatole, lo hago por él...

Entonces, fue Anatole quien la interrumpió a ella.

–¡Por eso sé lo mucho que lo quieres! ¡Porque estás dispuesta a renunciar a él! –exclamó Anatole con la voz ronca–. Solo hay un tipo de amor que haría eso, Lyn, el amor de una madre –tragó saliva–. ¡Eres la madre de Georgy! ¡Da exactamente igual que tu sangre no corra por sus venas! Tu hermana lo sabía cuando te confió a Georgy. Sabía que la querías y que querrías a Georgy toda tu vida, Lyn, toda tu vida, que lo querrías con el amor que necesita, con el amor de una madre... ¡tu amor!

Le tomó las manos con sus manos cálidas y fuertes y se las llevó alrededor del cuerpecito de Georgy.

–Además, yo también lo quiero. Lo quiero con el amor que Marcos no pudo darle. Siempre lo querré, toda mi vida –hizo una pausa y volvió a tomar aliento con la respiración entrecortada–. Como te amo a ti, Lyn.

Todo se quedó inmóvil de repente. Todo el mundo, todo el universo se quedó inmóvil. Ella no podía mover ni un músculo, pero notó que él le levantaba las manos y que Georgy se caía encima de ella con los ojos cerrados. Anatole se llevó sus manos a los labios y le besó una primero y la otra después. Fueron los besos más dulces y delicados...

–¿Cómo pudiste llegar a pensar que no te amaba? –preguntó él en un susurro y con la voz quebrada–. ¿Cómo pudiste pensar que te abrazaba todas las noches, que estaba a tu lado todos los días, y que no te amaba?

Lo miró a los ojos. ¿Era verdad todo eso? ¿Era verdad lo que estaba diciéndole? ¿Eran verdad esos besos que habían bendecido sus manos? El corazón le rebosaba de esperanza, anhelaba que de verdad estuviera oyéndole decir esas palabras maravillosas que había anhelado oír y que había creído que él no diría nunca. Sin embargo, estaba oyéndolas, estaba oyendo que las decía, estaba sintiendo sus labios que rozaban los de ella y la calidez de su mirada y sus dedos que se entrelazaban con los de ella... y seguía hablando, diciendo lo que le hacía feliz.

–Y sé, sé con certeza, que tú también me amas. Ahora lo veo en tus ojos, en las lágrimas que caen por tu rostro, Lyn. Amas a Georgy y me amas a mí... y yo amo a Georgy y te amo a ti. ¡Eso es todo lo que necesitamos, mi querida Lyn, todo lo que necesitaremos siempre!

La besó en la boca y notó el sabor salado de sus lágrimas.

–Todo lo que necesitaremos siempre –repitió él mientras se apartaba para mirarla–. Nunca, jamás vuelvas a dudar de mí. ¡Jamás! Pensar que dudaste tanto de mí que huiste y que creíste que tenías que entregarme a Georgy... ¡Pensarlo es como tener una espada clavada en el costado! –volvió a besarla con apasionamiento y posesivamente–. ¡Somos una familia, Lyn! Georgy, tú y yo. Lo seremos siempre. ¡Siempre!

Ella tragó saliva para contener el anhelo de creerse todo lo que estaba diciéndole.

–El plan era casarnos y divorciarnos después.

La voz le sonó titubeante a ella misma y las palabras le salieron con dificultad. Pensó que tenía que ser porque no había sitio para ellas. Solo había sitio para la oleada de emoción que se adueñaba de ella.

–¡Ese fue el plan más absurdo del universo! Lo que vamos a hacer es casarnos y seguir casados para siempre. ¡Para siempre!

–El documento que firmaste...

–Timon lo romperá... ¡o lo romperé yo! –Anatole se rio–. A Timon le bastará con mirarnos una vez para saber que sus miedos no tenían ni fundamento ni sentido –cambió de expresión y su voz fue más sombría, más preocupada–. ¿Puedes perdonarlo, Lyn? Perdonarlo por haberte mentido y haberte dicho que yo no pensaba casarme contigo para así deshacerse de ti. Ahora sé que lo hizo por miedo de perder a Georgy.

Ella sabía lo que era el miedo, lo sabía en carne propia. Sabía lo que era el miedo de perder a Georgy y sabía lo que se podía hacer por miedo. Tomó aliento y miró a Anatole.

–Te mentí porque tenía mucho miedo de perder a Georgy. Entiendo que Timon me mintiera por el mismo motivo.

–Gracias –él le apretó las manos–. Puedo decirte con absoluta certeza que, cuando sepa que vamos a ser una familia de verdad, ¡se alegrará muchísimo!

–Dios mío, Anatole... –Lyn tragó saliva–. ¿Algo de todo esto es verdad? Cuando entré aquí tenía el corazón partido en dos, porque iba a renunciar a Georgy y porque creía que solo me habías utilizado y desechado cuando te amaba tanto. Ahora, no puedo creérmelo, no puedo creerme la felicidad que siento, ¡no puedo creérmela!

¿Podía atreverse a creerse lo que estaba diciéndole Anatole? ¿Podía atreverse a creerse el amor que brotaba de sus ojos...? A creerse el amor que brotaba del corazón de ella...

Solo había una respuesta que podía darle a ella, las mismas palabras que ella le había oído decir infinidad de veces.

–Lyn, necesito que confíes en mí. Necesito que confíes en que voy a amarte el resto de mi vida. ¡Confía en mí! ¡Te lo ruego!

Mientras él hablaba, con la mirada rebosante de amor, a ella se le desmoronó el dique que contenía todos sus temores, esos temores atroces y de pesadilla que la habían atormentado se alejaron de ella para no volver y en su lugar floreció la dulce y magnífica flor de su amor por Anatole, un amor que los dos se entregaban y recibían. ¡Anatole! Su Anatole, como ella era de él y lo sería siempre. Confiaría en él para siempre y en todo.

Él volvió a besarla para sellar su amor con cariño

y pasión, con Georgy en el regazo de ella y los dos
abrazándolo. Fue un beso interminable... hasta que alguien se aclaró la garganta en la puerta y los dos se
separaron dando un respingo.

—¡Oh! —exclamó una voz sin disimular la sorpresa—.
Ah...

Lyn se mordió el labio inferior y miró a Georgy
porque no podía mirar a otro sitio. Sin embargo, Anatole se levantó y se quedó con la mano en su hombro.
La habitación estaba bañada por la luz del sol, algo
muy raro porque él podía ver que fuera caía la llovizna
típica de los veranos ingleses. Sin embargo, el interior
parecía resplandeciente... como la felicidad resplandeciente que lo embargaba. Miró a su abogado.

—Creo que hemos alcanzado un acuerdo extrajudi-
cial —comentó Anatole con mucha ironía.

—Entonces, creo que los dejaré para que... concre-
ten los detalles —replicó el abogado con más ironía todavía.

—Eso puede llevar su tiempo...

Anatole miró a Lyn con una mirada tan cálida como
el amor que sentía por ella y ella le correspondió con
la misma calidez.

—Puede llevar toda una vida —añadió él.

Epílogo

LYN se recostó en la tumbona debajo de un toldo de rayas. A su lado, Timon, en una magnífica silla de ruedas, sonreía con benevolencia. A cierta distancia, en la playa que había enfrente de la villa de Timon, Anatole, con pantalones cortos y camiseta, estaba tumbado en la arena y le enseñaba a Georgy a manejar el cubo y la pala. Georgy, sin embargo, agitaba su pala de plástico y volcaba el cubo con entusiasmo y vigor.

–¡Creía que ibais a hacer un castillo de arena! –gritó Lyn entre risas.

Le alegraba ver a Anatole relajado y con tiempo para pasarlo bien. Sus desvelos por Petranakos Corporation habían dado frutos y estaba encauzada. Los empleados habían conservado los empleos y él podía dedicar mucho más tiempo a su familia, a su adorado Georgy y a su adorada esposa. Se habían casado en cuanto llegaron a Grecia. Timon, sentado en el trono de su silla de ruedas, fue un anfitrión complaciente de la boda, a la que siguió una luna de miel ociosa y lujosa por el mar Egeo en el yate de Petranakos, ¡acompañados por Georgy! Después de la luna de miel, volvieron a Inglaterra para tomar posesión de la casa de la costa de Sussex. Sería su residencia en Inglaterra para futuras vacaciones y visitas. Además, acudieron a la vista en el tribunal de familia que juzgaba la solicitud de adopción del bebé al que amaban tanto como se amaban ellos. La solicitud se aprobó y Georgy ya era de ellos para siempre.

Ella pasaba mucho tiempo todos los días con Georgy y el bisabuelo de este. Gran parte de ese tiempo lo pasaban allí, en la playa que tanto le gustaba a Georgy, y con Timon debajo del toldo.

–¡Empezaremos el castillo dentro de un minuto –replicó Anatole–, cuando Georgy se aburra de tirarlo todo!

Timon dejó escapar una carcajada y ella lo miró. Parecía sano si se tenía en cuenta... Respondía bien al tratamiento y estaba ganando tiempo, ese tiempo que deseaba con toda su alma. Él, como si se hubiese dado cuenta de que estaba mirándolo, le dio unas palmadas cariñosas en la mano y giró la cabeza para sonreírle. Aunque ella había tenido algunos temores, habían hecho las paces.

–Fui injusto contigo y te pido perdón desde el fondo del corazón –le había dicho él–. Fui arisco por el miedo, por el miedo a que nos arrebataras al hijo de Marcos, pero ya sé que nunca harías algo así porque lo amas tanto como lo amamos nosotros. Además, también amas a mi nieto. Sé que los dos seréis los padres que no pudieron ser Marcos y tu hermana. Ahora sé que el hijo de Marcos está a salvo con vosotros y que siempre lo estará.

Eso había sido todo lo que había necesitado oír. Como, en ese momento, todo lo que necesitaba era estar allí con su marido y el hijo de los dos, como una familia unida por el amor. La tragedia había proyectado su sombra lúgubre sobre ellos, pero el sol ya brillaba resplandeciente y cálido en sus vidas. Timon volvió a mirar a su nieto y a Georgy.

–Los años pasan muy deprisa. Parece que fue ayer cuando Marcos y Anatole jugaban en la playa, pero me siento muy afortunado por haber recibido esto.

–Todos somos muy afortunados –corroboró ella apretándole la mano.

Inconscientemente, se pasó una mano por el abdomen, que todavía estaba plano, y Timon se fijó en el gesto. Le habían contado, en cuanto lo supieron, que estaba embarazada. Timon necesitaba todos los motivos que pudiera encontrar para seguir luchando y otro bisnieto era el mejor de todos.

–Un hermano para Georgy... –comentó con satisfacción.

–A lo mejor es una hermana –le corrigió ella.

Timon sacudió la cabeza con firmeza.

–Él necesita un hermano menor, alguien a quien pueda cuidar como Anatole cuidó a Marcos. Alguien que lo anime para que sea prudente y sensato.

Ella sonrió apaciblemente porque no iba a discutir. Fuera chico o chica, lo adorarían como a Georgy y eso era lo único que importaba. Georgy, como si se hubiera dado cuenta de que estaban hablando de él, dejó de dar golpes y les sonrió.

–Muy bien, Georgy –intervino Anatole con decisión–, así es como se hace un castillo de arena.

Georgy volvió su atención a su padre y lo miró con seriedad y un considerable respeto, pero, aun así, le dio un golpe en la cabeza con la pala de plástico y se rio con una felicidad desbordante.

–¡Georgy! –exclamó ella fingiendo enojo–. ¡Eres un pequeño monstruo!

Bianca

La delgada línea que separaba los negocios del placer no tardó en desaparecer...

Cuando sorprendieron a la diseñadora Eva St George, a la que los medios consideraban salvaje y desvergonzada, con el magnate Dante Vitale, la noticia no tardó en aparecer en la prensa. Con una incipiente reputación que salvaguardar, ¿cómo podía negarse Eva a la estrategia que Dante le propuso para salir del paso? Desgraciadamente, la solución no era separarse, sino seguir juntos...

El único interés del despiadado italiano eran los negocios. Si podían convencer a la gente de que estaban verdaderamente enamorados, ambos podrían aún conseguir lo que deseaban…

Reputación dañada

Victoria Parker

Deseo

PURO PLACER

OLIVIA GATES

Desde su primera noche juntos, Caliope Sarantos y Maksim Volkov llegaron al acuerdo de no comprometerse y mantener una relación basada solo en el placer. Pero el embarazo de ella lo cambió todo.

El rico empresario ruso nombró al pequeño su heredero, aunque desapareció de la vida de Caliope. Cuando volvió para ofrecerle una vida juntos, la brillante promesa de un final feliz se vio eclipsada por la sombra del trágico pasado de Maksim... y de su oscuro futuro. ¿Estaría Caliope dispuesta a arriesgar de nuevo su corazón?

¿Sería solo un romance?

¡YA EN TU PUNTO DE VENTA!

Tenía que casarse con el jeque...

Katrina había sido rescata-
da en mitad del desierto
por un hombre a caballo
que la había llevado a su
lujosa morada.

A pesar de la atracción que
había entre ellos, el jeque
seguía pensando que Ka-
trina no era más que una
prostituta... Pero no podía
dejarla con otros hombres,
así que para protegerla tenía que casarse con ella.

Entonces descubrió que
era virgen...

Y eso lo cambiaba todo.

Ahora Katrina tendría que
ser su esposa de verdad.

Poseída por el jeque

Penny Jordan